Otras inquisiciones

Sección: Literatura

Jorge Luis Borges:
Otras inquisiciones

El Libro de Bolsillo
Alianza Editorial
Madrid

®

Los ensayos «Notas a Walt Whitman» y «Avatares de la tortuga», que figuraban en las anteriores ediciones de *Otras inquisiciones,* publicadas por Emecé, han pasado al libro *Discusión,* de acuerdo con la última ordenación de las *Obras completas,* de Jorge Luis Borges.

Primera edición en «El Libro de Bolsillo»: 1976
Segunda edición en «El Libro de Bolsillo»: 1979
Tercera edición en «El Libro de Bolsillo»: 1981

Calle Milán, 38; ☎ 200 00 45
ISBN: 84-206-1604-4
Depósito legal: M. 14.064 - 1981
Impreso en Closas-Orcoyen, S. L. Polígono IGARSA
Paracuellos del Jarama (Madrid)
Printed in Spain

A Margot Guerrero

La muralla y los libros

He, whose long wall the wand'ring Tartar bounds...
DUNCIAD, II, 76.

Leí, días pasados, que el hombre que ordenó la edificación de la casi infinita muralla china fue aquel primer emperador, Shih Huang Ti, que asimismo dispuso que se quemaran todos los libros anteriores a él. Que las dos vastas operaciones —las quinientas a seiscientas leguas de piedra opuestas a los bárbaros, la rigurosa abolición de la historia, es decir del pasado— procedieran de una persona y fueran de algún modo sus atributos, inexplicablemente me satisfizo y, a la vez, me inquietó. Indagar las razones de esa emoción es el fin de esta nota.

Históricamente, no hay misterio en las dos medidas. Contemporáneo de las guerras de Aníbal, Shih Huang Ti, rey de Tsin, redujo a su poder los Seis Reinos y borró el sistema feudal; erigió la muralla, porque las murallas eran defensas; quemó los libros, porque la oposición los invocaba para alabar a los antiguos emperadores. Quemar libros y erigir fortificaciones es tarea común de los príncipes; lo único singular en Shih Huang Ti fue la escala en que obró. Así lo dejan entender algunos sinólogos, pero yo siento que los hechos que he referido son algo más que una exageración o una hipérbole de disposiciones triviales. Cercar un huerto o un jardín es común; no, cercar un imperio. Tampoco es baladí pretender que la más tradicional de las razas renuncie a la memoria de su pasado, mítico o verdadero. Tres mil años de cronología tenían los chinos (y en esos años, el emperador Amarillo y Chuang Tzu y Confucio y Lao Tzu), cuando Shih Huang Ti ordenó que la historia empezara con él.

Shih Huang Ti había desterrado a su madre por libertina; en su dura justicia, los ortodoxos no vieron otra cosa que una impiedad; Shih Huang Ti, tal vez, quiso borrar los libros canónigos porque éstos lo acusaban; Shih Huang Ti, tal vez, quiso abolir todo el pasado para abolir un solo recuerdo: la infamia de su madre. (No de otra suerte un rey, en Judea, hizo matar a todos los niños para matar a uno.) Esta conjetura es atendible, pero nada nos dice de la muralla, de la segunda cara del mito. Shih Huang Ti, según los historiadores, prohibió que se mencionara la muerte y buscó el elixir de la inmortalidad y se recluyó en un palacio figurativo, que constaba de tantas habitaciones como hay días en el año; estos datos sugieren que la muralla en el espacio y el incendio en el tiempo fueron barreras mágicas destinadas a detener la muerte. Todas las cosas quieren persistir en su ser, ha escrito Baruch Spinoza; quizá el emperador y sus magos creyeron que la inmortalidad es intrínseca y que la corrupción no puede entrar en un orbe cerrado. Quizá el emperador quiso recrear el principio del tiempo y se llamó Primero, para ser realmente primero, y se llamó Huang Ti, para ser de algún modo Huang Ti, el legendario emperador que inventó la escritura y la brújula. Este, según el Libro de los Ritos, dio su nombre verdadero a las cosas; parejamente Shih Huang Ti se jactó, en inscripciones que perduran, de que todas las cosas, bajo su imperio, tuvieran el nombre que les conviene. Soñó fundar una dinastía inmortal; ordenó que sus herederos se llamaran Segundo Emperador, Tercer

Emperador, Cuarto Emperador, y así hasta lo infinito... He hablado de un propósito mágico; también cabría suponer que erigir la muralla y quemar los libros no fueron actos simultáneos. Esto (según el orden que eligiéramos) nos daría la imagen de un rey que empezó por destruir y luego se resignó a conservar, o la de un rey desengañado que destruyó lo que antes defendía. Ambas conjeturas son dramáticas, pero carecen, que yo sepa, de base histórica. Herbert Allen Giles cuenta que quienes ocultaron libros fueron marcados con un hierro candente y condenados a construir, hasta el día de su muerte, la desaforada muralla. Esta noticia favorece o tolera otra interpretación. Acaso la muralla fue una metáfora, acaso Shih Huang Ti condenó a quienes adoraban el pasado a una obra tan vasta como el pasado, tan torpe y tan inútil. Acaso la muralla fue un desafío y Shih Huang Ti pensó: «Los hombres aman el pasado y contra ese amor nada puedo, ni pueden mis verdugos, pero alguna vez habrá un hombre que sienta como yo, y ése destruirá mi muralla, como yo he destruido los libros, y ése borrará mi memoria y será mi sombra y mi espejo y no lo sabrá.» Acaso Shih Huan Ti amuralló el imperio porque sabía que éste era deleznable y destruyó los libros por entender que eran libros sagrados, o sea libros que enseñan lo que enseña el universo entero o la conciencia de cada hombre. Acaso el incendio de las bibliotecas y la edificación de la muralla son operaciones que de un modo secreto se anulan.

La muralla tenaz que en este momento, y en todos, proyecta sobre tierras que no veré, su sistema de sombras, es la sombra de un César que ordenó que la más reverente de las naciones quemara su pasado; es verosímil que la idea nos toque de por sí, fuera de las conjeturas que permite. (Su virtud puede estar en la oposición de construir y destruir, en enorme escala.) Generalizando el caso anterior, podríamos inferir que *todas* las formas tienen su virtud en sí mismas y no en un «contenido» conjetural. Esto concordaría con la tesis de Benedetto Croce; ya Pater, en 1877, afirmó que todas las artes aspiran a la condición de la música, que no es otra cosa que forma.

La música, los estados de felicidad, la mitología, las caras trabajadas por el tiempo, ciertos crepúsculos y ciertos lugares, quieren decirnos algo, o algo dijeron que no hubiéramos debido perder, o están por decir algo; esta inminencia de una revelación, que no se produce, es, quizá, el hecho estético.

Buenos Aires, 1950.

La esfera de Pascal

Quizá la historia universal es la historia de unas cuantas metáforas. Bosquejar un capítulo de esa historia es el fin de esta nota.

Seis siglos antes de la era cristiana, el rapsoda Jenófanes de Colofón, harto de los versos homéricos que recitaba de ciudad en ciudad, fustigó a los poetas que atribuyeron rasgos antropomórficos a los dioses y propuso a los griegos un solo Dios, que era una esfera eterna. En el *Timeo,* de Platón, se lee que la esfera es la figura más perfecta y más uniforme, porque todos los puntos de la superficie equidistan del centro; Olof Gigon *(Ursprung der griechischen Philosophie,* 183) entiende que Jenófanes habló analógicamente; el Dios era esferoide, porque esa forma es la mejor, o la menos mala, para representar la divinidad. Parménides, cuarenta años después, repitió la imagen («el Ser es semejante a la masa de una esfera bien redondeada, cuya fuerza es constante desde el centro en cualquier dirección»); Calogero y Mondolfo razonan que intuyó una esfera infinita, o infinitamente creciente, y que las palabras que acabo de transcribir tienen un sentido dinámico (Albertelli: *Gli Eleati,* 148). Parménides enseñó en Italia; a pocos años de su muerte, el siciliano Empédocles de Agrigento urdió una laboriosa cosmogonía; hay una etapa en que las partículas de tierra, de agua, de aire y de fuego, integran una esfera sin fin, «el *Sphairos redondo,* que exulta en su soledad circular».

La historia universal continuó su curso, los dioses demasiado humanos que Jenófanes atacó fueron rebajados a ficciones poéticas o a demonios, pero se dijo que uno, Hermes Trismegisto, había dictado una número variable de libros (42, según Clemente de Alejandría; 20.000, según Jámblico; 36.525, según los sacerdotes de Thoth, que también es Hermes), en cuyas páginas estaban escritas todas las cosas. Fragmentos de esa biblioteca ilusoria, compilados o fraguados desde el siglo III, forman lo que se llama el *Corpus Hermeticum;* en alguno de ellos, o en el *Asclepio,* que también se atribuyó a Trismegisto, el teólogo francés Alain de Lille —Alanus de Insulis— descubrió a fines del siglo XII esta fórmula, que las edades venideras no olvidarían: «Dios es una esfera inteligible, cuyo centro está en todas partes y la circunferencia en ninguna.» Los presocráticos hablaron de una esfera sin fin; Albertelli (como antes, Aristóteles) piensa que hablar así es cometer una *contradictio in adjecto,* porque sujeto y predicado se anulan; ello bien puede ser verdad, pero la fórmula de los libros herméticos nos deja, casi, intuir esa esfera. En el siglo XIII, la imagen reapareció en el simbólico *Roman de la Rose,* que la da como de Platón, y en la enciclopedia *Speculum Triplex;* en el XVI, el último capítulo del último libro de *Pantagruel* se refirió a «esa esfera intelectual, cuyo centro está en todas partes y la circunferencia en ninguna, que llamamos Dios». Para la mente medieval, el sentido era claro: Dios está en cada una de sus criaturas, pero ninguna Lo limita. «El cielo, el cielo de los cielos, no te contiene», dijo Salomón (I Reyes, 8, 27); la metáfora geométrica de la esfera hubo de parecer una glosa de esas palabras.

El poema de Dante ha preservado la astronomía ptolemaica, que durante mil cuatrocientos años rigió la imaginación de los hombres. La tierra ocupa el centro del universo. Es una esfera inmóvil; en torno giran nueve esferas concéntricas. Las siete primeras son los cielos planetarios (cielos de la Luna, de Mercurio, de Venus, del Sol, de Marte, de Júpiter, de Saturno); la octava, el cielo de las estrellas fijas; la novena, el cielo cristalino llamado también Primer Móvil. A éste lo rodea el Empíreo, que está hecho de luz. Todo este laborioso aparato de esferas huecas, transparentes y giratorias (algún sistema requería cincuenta y cinco), había llegado a ser una necesidad mental; *De hypothesibus motuum coelestium commentariolus* es el tímido título que Copérnico, negador de Aristóteles, puso al manuscrito que transformó nuestra visión del cosmos. Para un hombre, para Giordano Bruno, la rotura de las bóvedas estelares fue una liberación. Proclamó, en la *Cena de las cenizas,* que el mundo es el efecto infinito de una causa infinita y que la divinidad está cerca, «pues está dentro de nosotros más aún de lo que nosotros mismos estamos dentro de nosotros». Buscó palabras para declarar a los hombres el espacio copernicano y en una página famosa estampó: «Podemos afirmar con certidumbre que el universo es todo centro, o que el centro del universo está en todas partes y la circunferencia en ninguna» *(De la causa, principio et uno, V).*

Esto se escribió con exultación, en 1584, todavía en la luz del Renacimiento; setenta años después, no quedaba un reflejo de ese fervor y los hombres se sintieron perdidos en el tiempo y en el espacio. En el tiempo, porque si el futuro y el pasado son infinitos, no habrá realmente un cuándo; en el espacio, porque si todo ser equidista de lo infinito y de lo infinitesimal, tampoco habrá un dónde. Nadie está en algún día, en algún lugar; nadie sabe el tamaño de su cara. En el Renacimiento, la humanidad creyó haber alcanzado la edad viril, y así lo declaró por boca de Bruno, de Campanella y de Bacon. En el siglo XVII la acobardó una sensación de vejez, para justificarse, exhumó la creencia de una lenta y fatal degeneración de todas las criaturas, por obra del pecado de Adán. (En el quinto capítulo del Génesis consta que «todos los días de Matusalén fueron novecientos setenta y nueve años»; en el sexto, que «había gigantes en la tierra en aquellos días».) El primer aniversario de la elegía *Anatomy of the World,* de John Donne, lamentó la vida brevísima y la estatura mínima de los hombres contemporáneos, que son como las hadas y los pigmeos; Milton, según la biografía de Johnson, temió que ya fuera imposible en la tierra el género épico; Glanvill juzgó que Adán, «medalla de Dios», gozó de una visión telescópica y microscópica; Robert South famosamente escribió: «Un Aristóteles no fue sino los escombros de Adán, y Atenas, los rudimentos del Paraíso.» En aquel siglo desanimado, el espacio absoluto que inspiró los hexámetros de Lucrecio, el espacio absoluto que había sido una liberación para Bruno, fue un laberinto y un abismo para Pascal. Este aborrecía el universo y hubiera querido adorar a Dios, pero Dios, para él, era menos real que el aborrecido universo. Deploró que no hablara el firmamento, comparó nuestra vida con la de náufragos en una isla desierta. Sintió el peso incesante del mundo físico, sintió vértigo, miedo y soledad, y los puso en otras palabras: «La naturaleza es una esfera infinita, cuyo centro está en todas partes y la circunferencia en ninguna.» Así publica Brunschvicg el texto, pero la edición crítica de Tourneur (París, 1941), que reproduce las tachaduras y vacilaciones del manuscrito, revela que Pascal empezó a escribir *effroyable:* «Una esfera espantosa, cuyo centro está en todas partes y la circunferencia en ninguna.»

Quizá la historia universal es la historia de la diversa entonación de algunas metáforas.

Buenos Aires, 1951.

La flor de Coleridge

Hacia 1938, Paul Valéry escribió: «La Historia de la literatura no debería ser la historia de los autores y de los accidentes de su carrera o de la carrera de sus obras sino la Historia del Espíritu como productor o consumidor de literatura. Esa historia podría llevarse a término sin mencionar un solo escritor.» No era la primera vez que el Espíritu formulaba esa observación; en 1844, en el pueblo de Concord, otro de sus amanuenses había anotado: «Diríase que una sola persona ha redactado cuantos libros hay en el mundo; tal unidad central hay en ellos que es innegable que son obra de un solo caballero omnisciente» (Emerson: *Essays,* 2, VIII). Veinte años antes, Shelley dictaminó que todos los poemas del pasado, del presente y del porvenir, son episodios o fragmentos de un solo poema infinito, erigido por todos los poetas del orbe (*A defence of poetry,* 1821).

Esas consideraciones (implícitas, desde luego, en el panteísmo) permitirían un inacabable debate; yo, ahora, las invoco para ejecutar un modesto propósito: la historia de la evolución de una idea, a través de los textos heterogéneos de tres autores. El primer texto es una nota de Coleridge; ignoro si éste la escribió a fines del siglo XVIII, o a principios del XIX. Dice, literalmente:

«Si un hombre atravesara el Paraíso en un sueño, y le dieran una flor como prueba de que había estado allí, y si al despertar encontrara esa flor en su mano... ¿entonces, qué?»

No sé qué opinará mi lector de esa imaginación; yo la juzgo perfecta. Usarla como base de otras invenciones felices, parece previamente imposible; tiene la integridad y la unidad de un *terminus ad quem,* de una meta. Claro está que lo es; en el orden de la literatura, como en los otros, no hay acto que no sea coronación de una infinita serie de causas y manantial de una infinita serie de efectos. Detrás de la invención de Coleridge está la general y antigua invención de las generaciones de amantes que pidieron como prenda una flor.

El segundo texto que alegaré es una novela que Wells bosquejó en 1887 y reescribió siete años después, en el verano de 1894. La primera versión se tituló *The chronic Argonauts* (en este título abolido, *chronic* tiene el valor etimológico de *temporal);* la definitiva, *The time machine.* Wells, en esa novela, continúa y reforma una antiquísima tradición literaria: la previsión de hechos futuros. Isaías *ve* la desolación de Babilonia y la restauración de Israel; Eneas, el destino militar de su posteridad, los romanos; la profetisa de la *Edda Saemundi,* la vuelta de los dioses que, después de la cíclica batalla en que nuestra tierra perecerá, descubrirán, tiradas en el pasto de una nueva pradera, las piezas de ajedrez con que antes jugaron... El protagonista de Wells, a diferencia de tales espectadores proféticos, viaja físicamente al porvenir. Vuelve rendido, polvoriento y maltrecho; vuelve de una remota humanidad que se ha bifurcado en especies que se odian (los ociosos *eloi,* que habitan en palacios dilapidados y en ruinosos jardines; los subterráneos y nictálopes *morlocks,* que se alimentan de los primeros); vuelve con las sienes encanecidas y trae del porvenir una flor marchita. Tal es la segunda versión de la imagen de Coleridge. Más increíble que una flor celestial o que la flor de un sueño es la flor futura, la contradictoria flor cuyos átomos ahora ocupan otros lugares y no se combinaron aún.

La tercera versión que comentaré, la más trabajada, es invención de un escritor harto más complejo que Wells, si bien menos dotado de esas agradables virtudes que es usual llamar clásicas. Me refiero al autor de *La humillación de los Northmore,* el triste y laberíntico Henry James. Este, al morir, dejó inconclusa una novela de carácter fantástico, *The sense of the past,* que es una variación o elaboración de *The time machine* [1]. El protagonista de Wells viaja al porvenir en un inconcebible vehículo, que progresa o retrocede en el tiempo como los otros vehículos en el espacio; el de James regresa al pasado, al siglo XVIII, a fuerza de compenetrarse con esa época. (Los dos procedimientos son imposibles, pero es menos arbitrario el de James.) En *The sense of the past,* el nexo entre lo real y lo imaginativo (entre la actualidad y el pasado) no es una flor, como en las anteriores ficciones; es un retrato que data del siglo XVIII y que misteriosamente representa al protagonista. Este, fascinado por esa tela, consigue trasladarse a la fecha en que la ejecutaron. Entre las personas que encuentra, figura, necesariamente, el pintor; éste lo pinta con temor y con aversión, pues intuye algo desacostumbrado y anómalo en esas facciones futuras... James, crea, así, un incomparable *regressus in infinitum,* ya que su héroe, Ralph Pendrel, se traslada al siglo XVIII porque lo fascina un viejo retrato, pero ese retrato requiere, para existir, que Pendrel se haya trasladado al siglo XVIII. La causa es posterior al efecto, el motivo del viaje es una de las consecuencias del viaje.

Wells, verosímilmente, desconocía el texto de Coleridge; Henry James conocía y admiraba el texto de Wells. Claro está que si es válida la doctrina de que todos los

[1] No he leído *The sense of the past,* pero conozco el suficiente análisis de Stephen Spender, en su obra *The destructive element* (págs. 105-110). James fue amigo de Wells; para su relación puede consultarse el vasto *Experiment in autobiography* de éste.

autores son un autor[2], tales hechos son insignificantes. En rigor, no es indispensable ir tan lejos; el panteísta que declara que la pluralidad de los autores es ilusoria, encuentra inesperado apoyo en el clasicista, según el cual esa pluralidad importa muy poco. Para las mentes clásicas, la literatura es lo esencial, no los individuos. George Moore y James Joyce han incorporado en sus obras, páginas y sentencias ajenas; Oscar Wilde solía regalar argumentos para que otros los ejecutaran; ambas conductas, aunque superficialmente contrarias, pueden evidenciar un mismo sentido del arte. Un sentido ecuménico, impersonal... Otro testigo de la unidad profunda del Verbo, otro negador de los límites del sujeto, fue el insigne Ben Jonson, que empeñado en la tarea de formular su testamento literario y los dictámenes propicios o adversos que sus contemporáneos le merecían, se redujo a ensamblar fragmentos de Séneca, de Quintiliano, de Justo Lipsio, de Vives, de Erasmo, de Maquiavelo, de Bacon y de los dos Escalígeros.

Una observación última. Quienes minuciosamente copian a un escritor, lo hacen impersonalmente, lo hacen porque confunden a ese escritor con la literatura, lo hacen porque sospechan que apartarse de él en un punto es apartarse de la razón y de la ortodoxia. Durante muchos años, yo creí que la casi infinita literatura estaba en un hombre. Ese hombre fue Carlyle, fue Johannes Becher, fue Whitman, fue Rafael Cansinos Asséns, fue De Quincey.

[2] Al promediar el siglo XVII, el epigramatista del panteísmo Angelus Silesius dijo que todos los bienaventurados son uno (*Cherubinischer Wandersmann,* V, 7) y que todo cristiano debe ser Cristo (*op. cit.,* V, 9).

El sueño de Coleridge

El fragmento lírico *Kubla Khan* (cincuenta y tantos versos rimados e irregulares, de prosodia exquisita) fue soñado por el poeta inglés Samuel Taylor Coleridge, en uno de los días del verano de 1797. Coleridge escribe que se había retirado a una granja en el confín de Exmoor; una indisposición lo obligó a tomar un hipnótico; el sueño lo venció momentos después de la lectura de un pasaje de Purchas, que refiere la edificación de un palacio por Kublai Khan, el emperador cuya fama occidental labró Marco Polo. En el sueño de Coleridge, el texto casualmente leído procedió a germinar y a multiplicarse; el hombre que dormía intuyó una serie de imágenes visuales y, simplemente, de palabras que las manifestaban; al cabo de unas horas se despertó, con la certidumbre de haber compuesto, o recibido, un poema de unos trescientos versos. Los recordaba con singular claridad y pudo transcribir el fragmento que perdura en sus obras. Una visita inesperada lo interrumpió y le fue imposible, después, recordar el resto. «Descubrí, con no pequeña sorpresa y mortificación —cuenta Coleridge—, que si bien retenía de un modo vago la forma general de la visión, todo lo demás, salvo unas ocho o diez líneas sueltas, había desaparecido como las imágenes en la superficie de un río en el que se arroja una piedra, pero, ay de mí, sin la ulterior restauración de estas últimas.» Swinburne sintió que lo rescatado era el más alto ejemplo de la música del inglés y que el hombre capaz de analizarlo podría (la metáfora es de John Keats) destejer un arco iris. Las traducciones o resúmenes de poemas cuya virtud fundamental es la música son vanas y pueden ser perjudiciales; bástenos retener, por ahora, que a Coleridge le fue dada *en un sueño* una página de no discutido esplendor.

El caso, aunque extraordinario, no es único. En el estudio psicológico *The world of dream,* Havelock Ellis lo ha equiparado con el del violinista y compositor Giuseppe Tartini, que soñó que el Diablo (su esclavo) ejecutaba en el violín una prodigiosa sonata; el soñador, al despertar, dedujo de su imperfecto recuerdo el *Trillo del Diavolo.* Otro clásico ejemplo de cerebración inconsciente es el de Robert Louis Stevenson, a quien un sueño (según él mismo ha referido en su *Chapter on dreams)* le dio el argumento de *Olalla* y otro, en 1884, el de *Jekyll y Hide.* Tartini quiso imitar en la vigilia la música de un sueño; Stevenson recibió del sueño argumentos, es decir, formas generales; más afín a la inspiración verbal de Coleridge es la que Beda el Venerable atribuye a Caedmon *(Historia eclesiastica gentis Anglorum,* IV, 24). El caso ocurrió a fines del siglo VII, en la Inglaterra misionera y guerrera de los reinos sajones. Caedmon era un rudo pastor y ya no era joven; una noche, se escurrió de una fiesta porque previó que le pasarían el arpa, y se sabía incapaz de cantar. Se echó a dormir en el establo, entre los caballos, y en el sueño alguien lo llamó por su nombre y le ordenó que cantara. Caedmon contestó que no sabía, pero el otro le dijo: «Canta el principio de las cosas creadas.» Caedmon, entonces, dijo versos que jamás había oído. No los olvidó, al despertar, y pudo repetirlos ante los monjes del cercano monasterio de Hild. No aprendió a leer, pero los monjes le explicaban pasajes de la historia sagrada y él «los rumiaba como un limpio animal y los convertía en versos dulcísimos, y de esa manera cantó la creación del mundo y del hombre y toda la historia del Génesis y el éxodo de los hijos de Israel y su entrada en la tierra de promisión, y muchas otras cosas de la Escritura, y la encarnación, pasión, resurrección y ascensión del Señor, y la venida del Espíritu Santo y la enseñanza de los apóstoles, y también el terror del Juicio Final, el horror de las penas infernales, las dulzuras del cielo y las mercedes y los juicios de Dios». Fue el primer poeta sagrado de la nación inglesa; «nadie se igualó a él —dice Beda—, porque no aprendió de los hombres sino de Dios». Años después, profetizó la hora en que iba a morir y la esperó durmiendo. Esperemos que volvió a encontrarse con su ángel.

A primera vista, el sueño de Coleridge corre el albur de parecer menos asombroso que el de su precursor. *Kubla Khan* es una composición admirable y las nueve líneas del himno soñado por Caedmon casi no presentan otra virtud que su origen onírico, pero Coleridge ya era un poeta y a Caedmon le fue revelada una vocación. Hay, sin embargo, un hecho ulterior, que magnifica hasta lo insondable la maravilla del sueño en que se engendró *Kubla Khan*. Si este hecho es verdadero, la historia del sueño de Coleridge es anterior en muchos siglos a Coleridge y no ha tocado aún a su fin.

El poeta soñó en 1797 (otros entienden que en 1798) y publicó su relación del sueño en 1816, a manera de glosa o justificación del poema inconcluso. Veinte años después, apareció en París, fragmentariamente, la primera versión occidental de una de esas historias universales en que la literatura persa es tan rica, el *Compendio de Historias* de Rashid ed-Din, que data del siglo XIV. En una página se lee: «Al este de Shang-tu, Kublai Khan erigió un palacio, según un plano que había visto en un sueño y que guardaba en la memoria.» Quien esto escribió era visir de Ghazan Mahmud, que descendía de Kublai.

Un emperador mogol, en el siglo XIII, sueña un palacio y lo edifica conforme a la visión; en el siglo XVIII, un poeta inglés que no pudo saber que esa fábrica se derivó de un sueño, sueña un poema sobre el palacio. Confrontadas con esta simetría, que trabaja con almas de hombres que duermen y abarca continentes y siglos, nada o muy poco son, me parece, las levitaciones, resurrecciones y apariciones de los libros piadosos.

¿Qué explicación preferiremos? Quienes de antemano rechazan lo sobrenatural (yo trato, siempre, de pertenecer a ese gremio) juzgarán que la historia de los dos sueños es una coincidencia, un dibujo trazado por el azar, como las formas de leones o de caballos que a veces configuran las nubes. Otros argüirán que el poeta supo de algún modo que el emperador había soñado el palacio y dijo haber soñado el poema para crear una espléndida ficción que asimismo paliara o justificara lo truncado y rapsódico de los versos [1]. Esta conjetura es verosímil, pero nos obliga a postular, arbitrariamente, un texto no identificado por los sinólogos en el que Coleridge pudo leer, antes de 1816, el sueño de Kublai [2]. Más encantadoras son las hipótesis que trascienden lo racional. Por ejemplo, cabe suponer que el alma del emperador, destruido el palacio, penetró en el alma de Coleridge, para que éste lo reconstruyera en palabras, más duraderas que los mármoles y metales.

El primer sueño agregó a la realidad un palacio; el segundo, que se produjo cinco siglos después, un poema (o principio de poema) sugerido por el palacio; la similitud de los sueños deja entrever un plan; el período enorme revela un ejecutor sobrehumano. Indagar el propósito de ese inmortal o de ese longevo sería, tal vez, no menos atrevido que inútil, pero es lícito sospechar que no lo ha logrado. En 1961, el P. Gerbillon, de la Compañía de Jesús, comprobó que del palacio de Kublai Khan

[1] A principios del siglo XIX o a fines del XVIII, juzgado por lectores de gusto clásico, *Kubla Khan* era harto más desaforado que ahora. En 1884, el primer biógrafo de Coleridge, Traill, pudo aún escribir: «El extravagante poema onírico *Kubla Khan* es aún más que una curiosidad psicológica.»

[2] Véase John Livingstone Lowes: *The road to Xanadu*, 1927, págs. 358, 585.

sólo quedaban ruinas; del poema nos consta que apenas se rescataron cincuenta versos. Tales hechos permiten conjeturar que la serie de sueños y de trabajos no ha tocado a su fin. Al primer soñador le fue deparada en la noche la visión del palacio y lo construyó; al segundo, que no supo del sueño del anterior, el poema sobre el palacio. Si no marra el esquema, algún lector de *Kubla Khan* soñará, en una noche de la que nos separan los siglos, un mármol o una música. Ese hombre no sabrá que otros dos soñaron, quizá la serie de los sueños no tenga fin, quizá la clave esté en el último.

Ya escrito lo anterior, entreveo o creo entrever otra explicación. Acaso un arquetipo no revelado aún a los hombres, un objeto eterno (para usar la nomenclatura de Whitehead), esté ingresando paulatinamente en el mundo; su primera manifestación fue el palacio; la segunda el poema. Quien los hubiera comparado habría visto que eran esencialmente iguales.

El tiempo y J. W. Dunne

En el número 63 de *Sur* (diciembre de 1939) publiqué una prehistoria, una primera historia rudimental, de la regresión infinita. No todas las omisiones de ese bosquejo eran involuntarias: deliberadamente excluí la mención de J. W. Dunne, que ha derivado del interminable *regressus* una doctrina suficientemente asombrosa del sujeto y del tiempo. La discusión (la mera exposición) de su tesis hubiera rebasado los límites de esa nota. Su complejidad requería un artículo independiente: que ahora ensayaré. A su escritura me estimula el examen del último libro de Dunne —*Nothing dies* (1940, Faber and Faber)— que repite o resume los argumentos de los tres anteriores.

El argumento único, mejor dicho. Su mecanismo nada tiene de nuevo; lo casi escandaloso, lo insólito, son las inferencias del autor. Antes de comentarlas, anoto unos previos avatares de las premisas.

El séptimo de los muchos sistemas filosóficos de la India que Paul Deussen registra [1], niega que el yo pueda

[1] *Nachvedische Philosophie der Inder,* 318.

ser objeto inmediato del conocimiento, «porque si fuera conocible nuestra alma, se requeriría un alma segunda para conocer la primera y una tercera para conocer la segunda». Los hindúes no tienen sentido histórico (es decir: perversamente prefieren el examen de las ideas al de los nombres y las fechas de los filósofos) pero nos consta que esa negación radical de la introspección cuenta unos ocho siglos. Hacia 1843, Schopenhauer la redescubre. «El sujeto conocedor», repite, «no es conocido como tal, porque sería objeto de conocimiento de otro sujeto conocedor» (*Welt als Wille und Vorstellung,* tomo segundo, capítulo diecinueve). Herbart jugó también con esa multiplicación ontológica. Antes de cumplir los veinte años había razonado que el yo es inevitablemente infinito, pues el hecho de saberse a sí mismo, postula un otro yo que se sabe también a sí mismo, y ese yo postula a su vez otro yo (Deussen: *Die neuere Philosophie,* 1920, página 367). Exornado de anécdotas, de parábolas, de buenas ironías y de diagramas, ese argumento es el que informa los tratados de Dunne.

Este (*An experiment with time,* capítulo XXII) razona que un sujeto consciente no sólo es consciente de lo que observa, sino de un sujeto A que observa y, por lo tanto, de otro sujeto B que es consciente de A y, por lo tanto, de otro sujeto C consciente de B... No sin misterio agrega que esos innumerables sujetos íntimos no caben en las tres dimensiones del espacio pero sí en las no menos innumerables dimensiones del tiempo. Antes de aclarar esa aclaración, invito a mi lector a que repensemos lo que dice este párrafo.

Huxley, buen heredero de los nominalistas británicos, mantiene que sólo hay una diferencia verbal entre el hecho de percibir un dolor y el hecho de saber que uno lo percibe, y se burla de los metafísicos puros, que distinguen en toda sensación «un sujeto sensible, un objeto sensígeno y ese personaje imperioso: el Yo» (*Essays,* tomo sexto, página 87). Gustav Spiller (*The mind of man,* 1902) admite que la conciencia del dolor y el dolor son dos hechos distintos, pero los considera tan comprensibles como la simultánea percepción de una voz y de un rostro. Su opinión me parece válida. En cuanto a la conciencia de la conciencia, que invoca Dunne para instalar en cada individuo una vertiginosa y nebulosa jerarquía de sujetos, prefiero sospechar que se trata de estados sucesivos (o imaginarios) del sujeto inicial. «Si el espíritu —ha dicho Leibniz— tuviera que repensar lo pensado, bastaría percibir un sentimiento para pensar en él y para pensar luego en el pensamiento y luego en el pensamiento del pensamiento, y así hasta lo infinito.» (*Nouveaux essais sur l'entendement humain*, libro segundo, capítulo primero.)

El procedimiento creado por Dunne para la obtención inmediata de un número infinito de tiempos es menos convincente y más ingenioso. Como Juan de Mena en su *Labyrintho*[2], como Uspenski en el *Tertium Organum*, postula que ya existe el porvenir, con sus vicisitudes y pormenores. Hacia el porvenir preexistente (o desde el porvenir preexistente, como Bradley prefiere) fluye el río absoluto del tiempo cósmico, o los ríos mortales de nuestras vidas. Esa traslación, ese fluir, exige como todos los movimientos un tiempo determinado; tendremos, pues, un tiempo segundo para que se traslade el primero; un tercero para que se traslade el segundo, y así hasta lo infinito...[3] Tal es la máquina propuesta por Dunne. En esos tiempos hipotéticos o ilusorios tienen interminable habitación los sujetos imperceptibles que multiplica el otro *regressus*.

No sé qué opinará mi lector. No pretendo saber qué cosa es el tiempo (ni siquiera si es una «cosa»), pero adivino que el curso del tiempo y el tiempo son un solo misterio y no dos. Dunne, lo sospecho, comete un error parecido al de los distraídos poetas que hablan (diga-

[2] En este poema del siglo XV hay una visión de «muy grandes tres ruedas»: la primera, inmóvil, es el pasado; la segunda, giratoria, el presente; la tercera, inmóvil, el porvenir.

[3] Medio siglo antes de que la propusiera Dunne, «la absurda conjetura de un segundo tiempo, en el que fluye, rápida o lentamente, el primero», fue descubierta y rechazada por Schopenhauer, en una nota manuscrita agregada a su *Welt als Wille und Vorstellung*. La registra la página 829 del segundo volumen de la edición histórico-crítica de Otto Weiss.

mos) de la luna que muestra su rojo disco, sustituyendo así a una indivisa imagen visual un sujeto, un verbo y un complemento, que no es otro que el mismo sujeto, ligeramente enmascarado... Dunne es una víctima ilustre de esa mala costumbre intelectual que Bergson denunció: concebir el tiempo como una cuarta dimensión del espacio. Postula que ya existe el porvenir y que debemos trasladarnos a él, pero ese postulado basta para convertirlo en espacio y para requerir un tiempo segundo (que también es concebido en forma espacial, en forma de línea o de río) y después un tercero y un millonésimo. Ninguno de los cuatro libros de Dunne deja de proponer *infinitas dimensiones de tiempo*[4], pero esas dimensiones son espaciales. El tiempo verdadero, para Dunne, es el inalcanzable término último de una serie infinita.

¿Qué razones hay para postular que ya existe el futuro? Dunne suministra dos: una, los sueños premonitorios; otra, la relativa simplicidad que otorga esa hipótesis a los inextricables diagramas que son típicos de su estilo. También quiere eludir los problemas de una creación continua...

Los teólogos definen la eternidad como la simultánea y lúcida posesión de todos los instantes del tiempo y la declaran uno de los atributos divinos. Dunne, asombrosamente, supone que ya es nuestra la eternidad y que los sueños de cada noche lo corroboran. En ellos, según él, confluyen el pasado inmediato y el inmediato porvenir. En la vigilia recorremos a uniforme velocidad el tiempo sucesivo; en el sueño abarcamos una zona que puede ser vastísima. Soñar es coordinar los vistazos de esa contemplación y urdir con ellos una historia, o una serie de historias. Vemos la imagen de una esfinge y la de una botica e inventamos que una botica se convierte en esfinge. Al hombre que mañana conoceremos le ponemos la boca de una cara que nos miró anteanoche... (Ya Schopenhauer escribió que la vida y los sueños eran

[4] La frase es reveladora. En el capítulo XXI del libro *An experiment with time* habla de un tiempo que es perpendicular a otro.

hojas de un mismo libro, y que leerlas en orden es vivir; hojearlas, soñar.)

Dunne asegura que en la muerte aprenderemos el manejo feliz de la eternidad. Recobraremos todos los instantes de nuestra vida y los combinaremos como nos plazca. Dios y nuestros amigos y Shakespeare colaborarán con nosotros.

Ante una tesis tan espléndida, cualquier falacia cometida por el autor, resulta baladí.

«*The man without a Navel yet lives in me*», «*el hombre sin Ombligo perdura en mí*», curiosamente escribe Sir Thomas Browne (*Religio medici,* 1642) para significar que fue concebido en pecado, por descender de Adán. En el primer capítulo del *Ulises,* Joyce evoca asimismo el vientre inmaculado y tirante de la mujer sin madre: *Heva, naked Eve. She bad no navel.* El tema (ya lo sé) corre el albur de parecer grotesco y baladí, pero el zoólogo Philip Henry Gosse lo ha vinculado al problema central de la metafísica: el problema del tiempo. Esa vinculación es de 1857; ochenta años de olvido equivalen tal vez a la novedad.

Dos lugares de la Escritura (Romanos, V; I Corintios, XV) contraponen el primer hombre Adán en el que mueren todos los hombres, al postrer Adán, que es Jesús [1]. Esa contraposición, para no ser una mera blasfemia, presupone cierta enigmática paridad, que se traduce en

[1] En la poesía devota, esa conjunción es común. Quizá el ejemplo más intenso esté en la penúltima estrofa del *Hymn to*

mitos y en simetría. La *Aurea leyenda* dice que la madera de la Cruz procede de aquel Arbol prohibido que está en el Paraíso; los teólogos, que Adán fue creado por el Padre y el Hijo a la precisa edad en que murió el Hijo: a los treinta y tres años. Esta insensata precisión tiene que haber influido en la cosmogonía de Gosse.

Este la divulgó en el libro *Omphalos* (Londres, 1857), cuyo subtítulo es *Tentativa de desatar el nudo geológico.* En vano he interrogado las bibliotecas en busca de ese libro; para redactar esta nota, me serviré de los resúmenes de Edmund Gosse *(Father and son,* 1907), y de H. G. Wells *(All aboard for Ararat,* 1940). Introduce ilustraciones que no figuran en esas breves páginas, pero que juzgo compatibles con el pensamiento de Gosse.

En aquel capítulo de su *Lógica* que trata de la ley de causalidad, John Stuart Mill razona que el estado del universo en cualquier instante es una consecuencia de su estado en el instante previo y que a una inteligencia infinita le bastaría el conocimiento perfecto de un *solo instante* para saber la historia del universo, pasada y venidera. (También razona —¡oh Louis Auguste Blanqui, oh Nietzsche, oh Pitágoras!— que la repetición de cualquier estado comportaría la repetición de todos los otros y haría de la historia universal una serie cíclica.) En esa moderada versión de cierta fantasía de Laplace —éste había imaginado que el estado presente del universo es, en teoría, reducible a una fórmula, de la que Alguien podría deducir todo el porvenir y todo el pasado—. Mill no excluye la posibilidad de una futura intervención exterior que rompa la serie. Afirma que el estado *q* fatalmente producirá el estado *r;* el estado *r,* el *s;* el estado *s,* el *t;* pero admite que antes de *t,* una catástrofe divina

God, my God, in my sickness, March 23, 1630, que compuso John Donne:

> *We think that* Paradise *and* Calvary,
> Christ's *Cross, and* Adam's *tree, stood in one place,*
> *Look Lord, and find both* Adams *met in me;*
> *As the first* Adam's *sweat surrounds, my face,*
> *May the last* Adam's *blood my soul embrace.*

—la *consummatio mundi,* digamos— puede haber aniquilado el planeta. El porvenir es inevitable, preciso, pero puede no acontecer. Dios acecha en los intervalos.

En 1857, una discordia preocupaba a los hombres. El Génesis atribuía seis días —seis días hebreos inequívocos, de ocaso a ocaso— a la creación divina del mundo; los paleontólogos impiadosamente exigían enormes acumulaciones de tiempo. En vano repetía De Quincey que la Escritura tiene la obligación de no instruir a los hombres en ciencia alguna, ya que las ciencias constituyen un vasto mecanismo para desarrollar y ejercitar el intelecto humano... ¿Cómo reconciliar a Dios con los fósiles, a Sir Charles Lyell con Moisés? Gosse, fortalecido por la plegaria, propuso una respuesta asombrosa.

Mill imagina un tiempo causal, infinito, que puede ser interrumpido por un acto futuro de Dios; Gosse, un tiempo rigurosamente causal, infinito, que ha sido interrumpido por un acto pretérito: la Creación. El estado *n* producirá fatalmente el estado *v,* pero antes de *v* puede ocurrir el Juicio Universal; el estado *n* presupone el estado *c,* pero *c* no ha ocurrido, porque el mundo fue creado en *f* o en *h.* El primer instante del tiempo coincide con el instante de la Creación, como dicta San Agustín, pero ese primer instante comporta no sólo un infinito porvenir, sino un infinito pasado. Un pasado hipotético, claro está, pero minucioso y fatal. Surge Adán y sus dientes y su esqueleto cuenta 33 años; surge Adán (escribe Edmund Gosse) y ostenta un ombligo, aunque ningún cordón umbilical lo ha atado a una madre. El principio de razón exige que no haya un solo efecto sin causa; esas causas requieren otras causas, que regresivamente se multiplican [2]; de todas hay vestigios concretos, pero sólo han existido realmente las que son posteriores a la Creación. Perduran esqueletos de gliptodonte en la cañada de Luján, pero no hubo jamás gliptodontes. Tal es la tesis ingeniosa (y ante todo increíble) que Philip Henry Gosse propuso a la religión y a la ciencia.

Ambas la rechazaron. Los periodistas la redujeron a

[2] Cf. Spencer: *Facts and comments,* págs. 148-151, 1902.

la doctrina de que Dios había escondido fósiles bajo tierra para probar la fe de los geólogos; Charles Kingsley desmintió que el Señor hubiera grabado en las rocas «una superflua y vasta mentira». En vano expuso Gosse la base metafísica de la tesis: lo inconcebible de un instante de tiempo sin otro instante precedente y otro ulterior, y así hasta lo infinito. No sé si conoció la antigua sentencia que figura en las páginas iniciales de la antología talmúdica de Rafael Cansinos-Asséns: *No era sino la primera noche, pero una serie de siglos la había ya precedido.*

Dos virtudes quiero reinvindicar para la olvidada tesis de Gosse. La primera: su elegancia un poco monstruosa. La segunda: su involuntaria reducción al absurdo de una *creatio ex nihilo,* su demostración indirecta de que el universo es eterno, como pensaron el Vedanta y Heráclito, Spinoza y los atomistas... Bertrand Russell la ha actualizado. En el capítulo noveno del libro *The analysis of mind* (Londres, 1921) supone que el planeta ha sido creado hace pocos minutos, provisto de una humanidad que «recuerda» un pasado ilusorio.

Buenos Aires, 1941.

Posdata: En 1802, Chateaubriand *(Génie du christianisme,* I, 4, 5) formuló, partiendo de razones estéticas, una tesis idéntica a la de Gosse. Denunció lo insípido, e irrisorio, de un primer día de la Creación, poblado de pichones, de larvas, de cachorros y de semillas. *Sans une vieillesse originaire, la nature dans son innocence eût été moins belle qu'elle ne l'est aujoud'hui dans sa corruption,* escribió.

Las alarmas del doctor Américo Castro [1]

La palabra *problema* puede ser una insidiosa petición de principio. Hablar del *problema judío* es postular que los judíos son un problema; es vaticinar (y recomendar) las persecuciones, la expoliación, los balazos, el degüello, el estupro y la lectura de la prosa del doctor Rosenberg. Otro demérito de los falsos problemas es el de promover soluciones que son falsas también. A Plinio *(Historia natural,* libro octavo) no le basta observar que los dragones atacan en verano a los elefantes: aventura la hipótesis de que lo hacen para beberles toda la sangre que, como nadie ignora, es muy fría. Al doctor Castro *(La peculiaridad lingüística,* etc.) no le basta observar un «desbarajuste lingüístico en Buenos Aires»: aventura la hipótesis del «lunfardismo» y de la «mística gauchofilia».

Para demostrar la primera tesis —la corrupción del idioma español en el Plata—, el doctor apela a un procedimiento que debemos calificar de sofístico, para no poner en duda su inteligencia; de candoroso, para no du-

[1] *La peculiaridad lingüística rioplatense y su sentido histórico* (Losada, Buenos Aires, 1941).

dar de su probidad. Acumula retazos de Pacheco, de Vacarezza, de Lima, de *Last Reason,* de Contursi, de Enrique González Tuñón, de Palermo, de Llanderas y de Malfatti, los copia con infantil gravedad y luego los exhibe *urbi et orbi* como ejemplos de nuestro depravado lenguaje. No sospecha que tales ejercicios («Con un feca con chele / y una ensaimada / vos te venís pal Centro / de gran bacán») son caricaturales; los declara «síntomas de una alteración grave», cuya causa remota son «las conocidas circunstancias que hicieron de los países platenses zonas hasta donde el latido del imperio hispano llegaba ya sin brío». Con igual eficacia cabría argumentar que en Madrid no quedan ya vestigios del español, según lo demuestran las coplas que Rafael Salillas transcribe *(El delincuente español: su lenguaje,* 1896):

> *El minche de esa rumi*
> *dicen no tenela bales;*
> *los he dicaito yo,*
> *los tenela muy juncales...*
>
> *El chibel barba del breje*
> *menjindé a los burós:*
> *apincharé ararajay*
> *y menda la pirabó.*

Ante su poderosa tiniebla es casi límpida esta pobre copla lunfarda:

> *El bacán le acanaló*
> *el escracho a la minushia;*
> *después espirajushió*
> *por temor a la canushia*[2].

En la página 139, el doctor Castro nos anuncia otro libro sobre el problema de la lengua de Buenos Aires; en la 87, se jacta de haber descifrado un diálogo campero de Lynch «en el cual los personajes usan los medios más bárbaros de expresión, que sólo comprendemos entera-

[2] La registra el vocabulario jergal de Luis Villamayor: *El lenguaje del bajo fondo* (Buenos Aires, 1915). Castro ignora este léxico, tal vez porque lo señala Arturo Costa Alvarez en un libro esencial: *El castellano en la Argentina* (La Plata, 1928). Inútil advertir que nadie pronuncia *minushia, canushia, espirajushiar.*

mente los familiarizados con las jergas rioplatenses». Las jergas: *ce pluriel est bien singulier.* Salvo el lunfardo (módico esbozo carcelario que nadie sueña en parangonar con el exuberante caló de los españoles), no hay jergas en este país. No adolecemos de dialectos, aunque sí de institutos dialectológicos. Esas corporaciones viven de reprobar las sucesivas jerigonzas que inventan. Han improvisado el *gauchesco,* a base de Hernández; el *cocoliche,* a base de un payaso que trabajó con los Podestá; el *vesre,* a base de los alumnos de cuarto grado. Poseen fonógrafos; mañana transcribirán la voz de *Catita.* En esos detritus se apoyan; esas riquezas les debemos y deberemos.

No menos falsos son «los graves problemas que el habla presenta en Buenos Aires». He viajado por Cataluña, por Alicante, por Andalucía, por Castilla; he vivido un par de años en Valldemosa y uno en Madrid; tengo gratísimos recuerdos de esos lugares; no he observado jamás que los españoles hablaran mejor que nosotros. (Hablan en voz más alta, eso sí, con el aplomo de quienes ignoran la duda.) El doctor Castro nos imputa arcaísmo. Su método es curioso: descubre que las personas más cultas de San Mamed de Puga, en Orense, han olvidado tal o cual acepción de tal o cual palabra; inmediatamente resuelve que los argentinos deben olvidarla también... El hecho es que el idioma español adolece de varias imperfecciones (monótono predominio de las vocales, excesivo relieve de las palabras, ineptitud para formar palabras compuestas), pero no de la imperfección que sus torpes vindicadores le achacan: la dificultad. El español es facilísimo. Sólo los españoles lo juzgan arduo: tal vez porque los turban las atracciones del catalán, del bable, del mallorquín, del galaico, del vascuence y del valenciano; tal vez por un error de la vanidad; tal vez por cierta rudeza verbal (confunden acusativo y dativo, dicen *le mató* por *lo mató,* suelen ser incapaces de pronunciar *Atlántico* o *Madrid,* piensan que un libro puede sobrellevar este cacofónico título: *La peculiaridad lingüística rioplatense y su sentido histórico).*

El doctor Castro, en cada una de las páginas de este libro, abunda en supersticiones convencionales. Desdeña a López y venera a Ricardo Rojas; niega los tangos y alude con respeto a las jácaras, piensa que Rosas fue un caudillo de montoneras, un hombre a lo Ramírez o Artigas, y ridículamente lo llama «centauro máximo». (Con mejor estilo y juicio más lúcido, Groussac prefirió la definición: «miliciano de retaguardia».) Proscribe —entiendo que con toda razón— la palabra *cachada*, pero se resigna a *tomadura de pelo*, que no es visiblemente más lógica ni más encantadora. Ataca los idiotismos americanos, porque los idiotismos españoles le gustan más. No quiere que digamos *de arriba;* quiere que digamos de *gorra*... Este examinador «del hecho lingüístico bonaerense» anota seriamente que los porteños llaman *acridio* a la langosta; este lector inexplicable de Carlos de la Púa y de *Yacaré* nos revela que *taita*, en arrabalero, sigfica *padre*.

En este libro, la forma no desdice del fondo. A veces el estilo es comercial: «Las bibliotecas de Méjico poseían libros de alta calidad» (pág. 49); «La aduana seca... imponía precios fabulosos» (pág. 52). Otras, la trivialidad continua del pensamiento no excluye el pintoresco dislate: «Surge entonces lo único posible, el tirano, condensación de la energía sin rumbo de la masa, que él no encauza, porque no es guía, sino mole aplastante, ingente aparato ortopédico que mecánicamente, bestialmente, enredila al rebaño que se desbanda» (págs. 71, 72). Otras, el investigador de Vacarezza intenta el *mot juste:* «Por los mismos motivos por los que se torpedea la maravillosa gramática de A. Alonso y P. Henríquez Ureña» (pág. 31).

Los compadritos de *Last Reason* emiten metáforas hípicas; el doctor Castro, más versátil en el error, conjuga la radiotelefonía y el *football:* «El pensamiento y el arte rioplatense son antenas valiosas para cuanto en el mundo significa valía y esfuerzo, actitud intensamente receptiva que no ha de tardar en convertirse en fuerza creadora, si el destino no tuerce el rumbo de las señales propicias. La poesía, la novela y el ensayo lograron allá más de un *goal* perfecto. La ciencia y el pensar filosófico cuentan entre sus cultivadores nombres de suma distinción (página 9).

A la errónea y mínima erudición, el doctor Castro añade el infatigable ejercicio de la zalamería, de la prosa rimada y del terrorismo.

P. S.—Leo en la página 136: «Lanzarse en serio, sin ironía, a escribir como Ascasubi, Del Campo o Hernández es asunto que da en qué pensar.» Copio las últimas estrofas del *Martín Fierro*:

Cruz y Fierro de una estancia
Una tropilla se arriaron,
Por delante se le echaron
Como criollos entendidos
Y pronto, sin ser sentidos,
Por la frontera cruzaron.

Y cuando la habían pasao
Una madrugada clara,
Le dijo Cruz que mirara
Las últimas poblaciones;
Y a Fierro dos lagrimones
Le rodaron por la cara.

Y siguiendo el fiel del rumbo,
Se entraron en el desierto,
No sé si los habrán muerto
En alguna correría
Pero espero que algún día
Sabré de ellos algo cierto.

Y ya con estas noticias
Mi relación acabé,
Por ser ciertas las conté,
Todas las desgracias dichas:
Es un telar de desdichas
Cada gaucho que usté ve.

Pero ponga su esperanza
En el Dios que lo firmó,
Y aquí me despido yo
Que he relatao a mi modo,
Males que conocen todos
Pero que naides contó.

«En serio, sin ironía», preguntó: ¿Quién es más dialectal: el cantor de las límpidas estrofas que he repetido o el incoherente redactor de los aparatos ortopédicos que enredilan rebaños, de los géneros literarios que juegan al *football* y de las gramáticas torpedeadas?

En la página 122, el doctor Castro ha enumerado algunos escritores cuyo estilo es correcto; a pesar de la inclusión de mi nombre en ese catálogo, no me creo del todo incapacitado para hablar de estilística.

Nuestro pobre individualismo

Las ilusiones del patriotismo no tienen término. En el primer siglo de nuestra era, Plutarco se burló de quienes declaran que la luna de Atenas es mejor que la luna de Corinto; Milton, en el XVII, notó que Dios tenía la costumbre de revelarse primero a Sus ingleses; Fichte, a principios del XIX, declaró que tener carácter y ser alemán es, evidentemente, lo mismo. Aquí, los nacionalistas pululan; los mueve, según ellos, el atendible o inocente propósito de fomentar los mejores rasgos argentinos. Ignoran, sin embargo, a los argentinos; en la polémica, prefieren definirlos en función de algún hecho externo; de los conquistadores españoles (digamos) o de una imanaria tradición católica o del «imperialismo sajón».

El argentino, a diferencia de los americanos del Norte y de casi todos los europeos, no se identifica con el Estado. Ello puede atribuirse a la circunstancia de que, en este país, los gobiernos suelen ser pésimos o al hecho general de que el Estado es una inconcebible abstracción [1]; lo cierto es que el argentino es un individuo, no

[1] El Estado es impersonal: el argentino sólo concibe una relación personal. Por eso, para él, robar dineros públicos no es un crimen. Compruebo un hecho; no lo justifico o excuso.

un ciudadano. Aforismos como el de Hegel, «El Estado es la realidad de la idea moral», le parecen bromas siniestras. Los *films* elaborados en Hollywood repetidamente proponen a la admiración el caso de un hombre (generalmente, un periodista) que busca la amistad de un criminal para entregarlo después a la policía; el argentino, para quien la amistad es una pasión y la policía una *maffia,* siente que ese «héroe» es un incomprensible canalla. Siente con Don Quijote que «allá se lo haya cada uno con su pecado» y que «no es bien que los hombres honrados sean verdugos de los otros hombres, no yéndoles nada en ello» (*Quijote,* I, XXII). Más de una vez, ante las vanas simetrías del estilo español, he sospechado que diferimos insalvablemente de España; esas dos líneas del *Quijote* han bastado para convencerme de error; son como el símbolo tranquilo y secreto de nuestra afinidad. Profundamente lo confirma una noche de la literatura argentina: esa desesperada noche en la que un sargento de la policía rural gritó que no iba a consentir el delito de que se matara a un valiente, y se puso a pelear contra sus soldados, junto al desertor Martín Fierro.

El mundo, para el europeo, es un cosmos, en el que cada cual íntimamente corresponde a la función que ejerce; para el argentino, es un caos. El europeo y el americano del Norte juzgan que ha de ser bueno un libro que ha merecido un premio cualquiera; el argentino admite la posibilidad de que no sea malo, a pesar del premio. En general, el argentino descree de las circunstancias. Puede ignorar la fábula de que la humanidad siempre incluye treinta y seis hombres justos —los *Lamed Wufniks*— que no se conocen entre ellos, pero que secretamente sostienen el universo; si la oye, no le extrañará que esos beneméritos sean oscuros y anónimos... Su héroe popular es el hombre solo que pelea con la partida, ya en acto (Fierro, Moreira, Hormiga Negra), ya en potencia o en el pasado (Segundo Sombra). Otras literaturas no registran hechos análogos. Consideremos, por ejemplo, dos grandes escritores europeos: Kipling y Franz Kafka. Nada, a primera vista, hay entre los dos de común, pero el tema del uno es la vindicación del orden, de un orden (la carretera en *Kim,* el puente en *The Bridge-Builders,* la muralla romana en *Puck of Pook's Hill);* el del otro, la insoportable y trágica soledad de quien carece de un lugar, siquiera humildísimo, en el orden del universo.

Se dirá que los rasgos que he señalado son meramente negativos o anárquicos; se añadirá que no son capaces de explicación política. Me atrevo a sugerir lo contrario. El más urgente de los problemas de nuestra época (ya denunciado con profética lucidez por el casi olvidado Spencer) es la gradual intromisión del Estado en los actos del individuo; en la lucha con ese mal. cuyos nombres son comunismo y nazismo, el individualismo argentino, acaso inútil o perjudicial hasta ahora, encontraría justificación y deberes.

Sin esperanza y con nostalgia, pienso en la abstracta posibilidad de un partido que tuviera alguna afinidad con los argentinos; un partido que nos prometiera (digamos) un severo mínimo de gobierno.

El nacionalismo quiere embelesarnos con la visión de un Estado infinitamente molesto; esa utopía, una vez lograda en la tierra, tendría la virtud providencial de hacer que todos anhelaran, y finalmente construyeran, su antítesis.

Buenos Aires, 1946.

Quevedo

Como la otra, la historia de la literatura abunda en enigmas. Ninguno de ellos me ha inquietado, y me inquieta, como la extraña gloria parcial que le ha tocado en suerte a Quevedo. En los censos de nombres universales el suyo no figura. Mucho he tratado de inquirir las razones de esa extravagante omisión; alguna vez, en una conferencia olvidada, creí encontrarlas en el hecho de que sus duras páginas no fomentan, ni siquiera toleran, el menor desahogo sentimental. («Ser sensiblero es tener éxito», ha observado George Moore.) Para la gloria, decía yo, no es indispensable que un escritor se muestre sentimental, pero es indispensable que su obra, o alguna circunstancia biográfica, estimulen el patetismo. Ni la vida ni el arte de Quevedo, reflexioné, se prestan a esas tiernas hipérboles cuya repetición es la gloria...

Ignoro si es correcta esa explicación: yo, ahora la complementaría con ésta: virtualmente, Quevedo no es inferior a nadie, pero no ha dado con un símbolo que se apodere de la imaginación de la gente. Homero tiene a Príamo, que besa las homicidas manos de Aquiles; Sófocles tiene un rey que descifra enigmas y a quien los hados harán descifrar el horror de su propio destino; Lucrecio tiene el infinito abismo estelar y las discordias de los átomos; Dante, los nueve círculos infernales y la Rosa paradisíaca; Shakespeare, sus orbes de violencia y de música; Cervantes, el afortunado vaivén de Sancho y de Quijote; Swift, su república de caballos virtuosos y de *yahoos* bestiales; Melville, la abominación y el amor de la Ballena Blanca; Franz Kafka, sus crecientes y sórdidos laberintos. No hay escritor de fama universal que no haya amonedado un símbolo; éste, conviene recordar, no siempre es objetivo y externo. Góngora o Mallarmé, verbigracia, perduran como tipos del escritor que laboriosamente elabora una obra secreta; Whitman, como protagonista semidivino de *Leaves of grass.* De Quevedo, en cambio, sólo perdura una imagen caricatural. «El más noble estilista español se ha transformado en un prototipo chascarrillero», observa Leopoldo Lugones *(El imperio jesuítico,* 1904, pág. 59).

Lamb dijo que Edmund Spenser era *the poets' poet,* el poeta de los poetas. De Quevedo habría que resignarse a decir que es el literato de los literatos. Para gustar de Quevedo hay que ser (en acto o en potencia) un hombre de letras; inversamente, nadie que tenga vocación literaria puede no gustar de Quevedo.

La grandeza de Quevedo es verbal. Juzgarlo un filósofo, un teólogo o (como quiere Aureliano Fernández Guerra) un hombre de estado, es un error que pueden consentir los títulos de sus obras, no el contenido. Su tratado *Providencia de Dios, padecida de los que la niegan y gozada de los que la confiesan: doctrina estudiada en los gusanos y persecuciones de Job* prefiere la intimidación al razonamiento. Como Cicerón *(De natura deorum,* II, 40-44), prueba un orden divino mediante el orden que se observa en los astros, «dilatada república de luces», y, despachada esa variación estelar del argumento cosmológico, agrega: «Pocos fueron los que absolutamente negaron que había Dios; sacaré a la vergüenza los que tuvieron menos, y son: Diágoras milesio, Protágoras abderites, discípulos de Demócrito y Theodoro (llamado Atheo vulgarmente), y Bión borysthenites, discípulo del inmundo y desatinado Theodoro», lo cual es mero terrorismo. Hay en la historia de la filosofía doctrinas, probablemente falsas, que ejercen un oscuro encanto sobre la imaginación de los hombres: la doctrina platónica y pitagórica del tránsito del alma por muchos cuerpos, la doctrina gnóstica de que el mundo es obra de un dios hostil o rudimentario. Quevedo, sólo estudioso de la verdad, es invulnerable a ese encanto. Escribe que la transmigración de las almas es «bobería bestial» y «locura bruta». Empédocles de Agrigento afirmó: «He sido un niño, una muchacha, una mata, un pájaro y un mudo pez que surge del mar»; Quevedo anota *(Providencia de Dios)*: «Descubrióse por juez y legislador desta tropelía Empédocles, hombre tan desatinado, que afirmando que había sido pez, se mudó en tan contraria y opuesta naturaleza, que murió mariposa del Etna; y a vista del mar, de quien había sido pueblo, se precipitó en el fuego.» A los gnósticos, Quevedo los moteja de infames, de malditos, de locos y de inventores de disparates *(Zahurdas de Plutón, in fine)*.

Su *Política de Dios y gobierno de Cristo nuestro Señor* debe considerarse, según Aureliano Fernández Guerra, «como un sistema completo de gobierno, el más acertado, noble y conveniente». Para estimar ese dictamen en lo que vale, bástenos recordar que los cuarenta y siete capítulos de ese libro ignoran otro fundamento que la curiosa hipótesis de que los actos y palabras de Cristo (que fue, según es fama, *Rex Judaeorum*) son símbolos secretos a cuya luz el político tiene que resolver sus problemas. Fiel a esa cábala, Quevedo extrae, del episodio de la samaritana, que los tributos que los reyes exigen deben ser leves; del episodio de los panes y de los peces, que los reyes deben remediar las necesidades; de la repetición de la fórmula *sequebantur*, que «el rey ha de llevar tras sí los ministros, no los ministros al rey»... El asombro vacila entre lo arbitrario del método y la trivialidad de las conclusiones. Quevedo, sin embargo, todo lo salva, o casi, con la dignidad del lenguaje[1]. El lector distraído puede

[1] Reyes certeramente observa *(Capítulos de literatura española,* 1939, pág. 133): «Las obras políticas de Quevedo no propo-

juzgarse edificado por esa obra. Análoga discordia se advierte en el *Marco Bruto,* donde el pensamiento no es memorable aunque lo son las cláusulas. Logra su perfección en ese tratado el más impotente de los estilos que Quevedo ejerció. El español, en sus páginas lapidarias, parece regresar al arduo latín de Séneca, de Tácito y de Lucano, al atormentado y duro latín de la edad de plata. El ostentoso laconismo, el hipérbaton, el casi algebraico rigor, la oposición de términos, la aridez, la repetición de palabras, dan a ese texto una precisión ilusoria. Muchos períodos merecen, o exigen, el juicio de perfectos. Este, verbigracia, que copio: «Honraron con unas hojas de laurel un linaje; pagaron grandes y soberanas victorias con las aclamaciones de un triunfo; recompensaron vidas casi divinas con unas estatuas; y para que no descaeciesen de prerrogativas de tesoro los ramos y las yerbas y el mármol y las voces, no las permitieron a la pretensión, sino al mérito.» Otros estilos frecuentó Quevedo con no menos felicidad: el estilo aparentemente oral del *Buscón,* el estilo desaforado y orgiástico (pero no ilógico) de *La hora de todos.*

«El lenguaje —ha observado Chesterton (*G. F. Watts,* 1904, pág. 91)— no es un hecho científico, sino artístico; lo inventaron guerreros y cazadores y es muy anterior a la ciencia.» Nunca lo entendió así Quevedo, para quien el lenguaje fue, esencialmente, un instrumento lógico. Las trivialidades o eternidades de la poesía —aguas equiparadas a cristales, manos equiparadas a nieve, ojos que lucen como estrellas y estrellas que miran como ojos— le incomodaban por ser fáciles, pero mucho más por ser falsas. Olvidó, al censurarlas, que la metáfora es el contacto momentáneo de dos imágenes, no la metódica asimilación de dos cosas... También abominó de los idiotismos. Con el propósito de «sacarlos a la vergüenza,

nen una nueva interpretación de los valores políticos, ni tienen ya más que un valor retórico... O son panfletos de oportunidad, o son obras de declamación académica. La *Política de Dios,* a pesar de su ambiciosa apariencia, no es más que un alegato contra los malos ministros. Pero entre estas páginas pueden encontrarse algunos de los rasgos más propios de Quevedo.»

urdió con ellos la rapsodia que se titula *Cuento de cuentos;* muchas generaciones, embelesadas, han preferido ver en esa reducción al absurdo un museo de primores, divinamente destinado a salvar del olvido las locuciones *zurriburi, abarrisco, cochite hervite, quitome allá esas pajas* y *a trochi-moche.*

Quevedo ha sido equiparado, más de una vez, a Luciano de Samosata. Hay una diferencia fundamental: Luciano, al combatir en el siglo II a las divinidades olímpicas, hace obra de polémica religiosa; Quevedo, al repetir ese ataque en el siglo XVII de nuestra era, se limita a observar una tradición literaria.

Examinada, siquiera brevemente, su prosa, paso a discutir su poesía, no menos múltiple.

Considerados como documentos de una pasión, los poemas eróticos de Quevedo son insatisfactorios; considerados como juegos de hipérboles, como deliberados ejercicios de petrarquismo, suelen ser admirables. Quevedo, hombre de apetitos vehementes, no dejó nunca de aspirar al ascetismo estoico; también debió de parecerle insensato depender de mujeres («aquél es avisado, que usa de sus caricias y no se fía de éstas»); bastan esos motivos para explicar la artificialidad voluntaria de aquella Musa IV de su Parnaso, que «canta hazañas del amor y de la hermosura». El acento personal de Quevedo está en otras piezas; en las que le permiten publicar su melancolía, su coraje o su desengaño. Por ejemplo, en este soneto que envió, desde su Torre de Juan Abad, a don José de Salas (*Musa,* II, 109):

> Retirado en la paz de estos desiertos,
> Con pocos, pero doctos, libros juntos,
> Vivo en conversación con los difuntos
> Y escucho con mis ojos a los muertos.
>
> Si no siempre entendidos, siempre abiertos,
> O enmiendan o secundan mis asuntos,
> Y en músicos callados contrapuntos
> Al sueño de la vida hablan despiertos.
>
> Las grandes almas que la muerte ausenta,
> De injurias de los años vengadora,
> Libra, oh gran don Joseph, docta la Imprenta.

En fuga irrevocable huye la hora;
Pero aquella el mejor cálculo cuenta,
Que en la lección y estudio nos mejora.

No faltan rasgos conceptistas en la pieza anterior (escuchar con los ojos, hablar despiertos al sueño de la vida), pero el soneto es eficaz a despecho de ellos, no a causa de ellos. No diré que se trata de una transcripción de la realidad, porque la realidad no es verbal, pero sí que sus palabras importan menos que la escena que evocan o que el acento varonil que parece informarlas. No siempre ocurre así; en el más ilustre soneto de este volumen —*Memoria inmortal de don Pedro Girón, duque de Osuna, muerto en la prisión*—, la espléndida eficacia del dístico

Su Tumba son de Flandes las Campañas
y su Epitaphio la sangrienta Luna

es anterior a toda interpretación y no depende de ella. Digo lo mismo de la subsiguiente expresión: *el llanto militar,* cuyo sentido no es enigmático, pero sí baladí: *el llanto de los militares.* En cuanto a la *sangrienta Luna,* mejor es ignorar que se trata del símbolo de los turcos, eclipsado por no sé qué piraterías de don Pedro Téllez Girón.

No pocas veces, el punto de partida de Quevedo es un texto clásico. Así, la memorable línea (*Musa,* IV, 31):

Polvo serán, mas polvo enamorado

es una recreación, no exaltación, de una de Propercio (*Elegías,* I, 19):

Ut meus oblito pulvis amore vacet.

Grande es el ámbito de la obra poética de Quevedo. Comprende pensativos sonetos, que de algún modo prefiguran a Wordsworth; opacas y crujientes severidades [1],

[1] Temblaron los umbrales y las puertas
Donde la majestad negra y oscura
Las frías desangradas sombras muertas
Oprime en ley desesperada y dura;

bruscas magias de teólogos («Con los doce cené: yo fui la cena»); gongorismos intercalados para probar que también él era capaz de jugar a ese juego [2]; urbanidades y dulzuras de Italia («humilde soledad verde y sonora»); variaciones de Persio, de Séneca, de Juvenal, de las Escrituras, de Joachim de Bellay; brevedades latinas; chocarrerías [3]; burlas de curioso artificio [4]; lóbregas pompas de la aniquilación y del caos.

Harta la Toga del veneno tirio,
O ya en el oro pálido y rigente
Cubre con los thesoros del Oriente,
Mas no descansa, ¡oh Licas!, tu martirio.

Padeces un magnífico delirio,
Cuando felicidad tan delincuente
Tu horror oscuro en esplendor te miente,
Víbora en rosicler, áspid en lirio.

Competir su Palacio a Jove quieres,
Pues miente el oro Estrellas a su modo,
En el que vives, sin saber que mueres.

Y en tantas glorias tú, señor de todo,
Para quien sabe examinarse, eres
Lo solamente vil, el asco, el lodo.

[2] Un animal a la labor nacido
Y símbolo celoso a los mortales,
Que a Jove fue disfraz, y fue vestido;
Que un tiempo endureció manos reales,
Y detrás de él los cónsules gimieron,
Y rumía luz en campos celestiales.

(Musa II)

[3] La Méndez llegó chillando
Con trasudores de aceite,
Derramando por los hombros
El columpio de las liendres.

(Musa V)

[4] Aquesto Fabio cantaba
A los balcones y rejas
De Aminta, que aun de olvidarlo,
Le han dicho que no se acuerda.

(Musa VI)

Las tres gargantas al ladrido abiertas,
Viendo la nueva luz divina y pura,
Enmudeció Cerbero, y de repente
Hondos suspiros dio la negra gente.

Gimió debajo de los pies el suelo,
Desiertos montes de ceniza canos,
Que no merecen ver ojos del cielo,
Y en nuestra amarillez ciegan los llanos.
Acrecentaban miedo y desconsuelo
Los roncos perros, que en los reinos vanos
Molestan el silencio y los oídos,
Confundiendo lamentos y ladridos.

(Musa IX)

Las mejores piezas de Quevedo existen más allá de la emoción que las engendró y de las comunes ideas que las informan. No son oscuras; eluden el error de perturbar, o de distraer, con enigmas, a diferencia de otras de Mallarmé, de Yeats y de George. Son (para de alguna manera decirlo) objetos verbales, puros e independientes como una espada o como un anillo de plata. Esta, por ejemplo: *Harta la Toga del veneno tirio.*

Trescientos años ha cumplido la muerte corporal de Quevedo, pero éste sigue siendo el primer artífice de las letras hispánicas. Como Joyce, como Goethe, como Shakespeare, como Dante, como ningún otro escritor, Francisco de Quevedo es menos un hombre que una dilatada y compleja literatura.

Es verosímil que estas observaciones hayan sido enunciadas alguna vez y quizá muchas veces; la discusión de su novedad me interesa menos que la de su posible verdad.

Cotejado con otros libros clásicos (la *Ilíada,* la *Eneida,* la *Farsalia,* la *Comedia dantesca,* las tragedias y comedias de Shakespeare), el *Quijote* es realista; este realismo, sin embargo, difiere esencialmente del que ejerció el siglo XIX. Joseph Conrad pudo escribir que excluía de su obra lo sobrenatural, porque admitirlo parecía negar que lo cotidiano fuera maravilloso: ignoro si Miguel de Cervantes compartió esa intuición, pero sé que la forma del *Quijote* le hizo contraponer a un mundo imaginario poético, un mundo real prosaico. Conrad y Henry James novelaron la realidad porque la juzgaban poética; para Cervantes son antinomias lo real y lo poético. A las vastas y vagas geografías del Amadís opone los polvorientos caminos y los sórdidos mesones de Castilla; imaginemos a un novelista de nuestro tiempo que destacara con sentido paródico las estaciones de aprovisionamiento de nafta. Cervantes ha creado para nosotros la poesía de la España del siglo XVII, pero ni aquel siglo ni aquella España eran poéticas para él; hombres como Unamuno o Azorín o Antonio Machado, enternecidos ante la evocación de la Mancha, le hubieran sido incomprensibles. El plan de su obra le vedaba lo maravilloso; éste, sin embargo, tenía que figurar, siquiera de manera indirecta, como los crímenes y el misterio en una parodia de la novela policial. Cervantes no podía recurrir a talismanes o a sortilegios, pero insinuó lo sobrenatural de un modo sutil, y, por ello mismo, más eficaz. Intimamente, Cervantes amaba lo sobrenatural. Paul Groussac, en 1924, observó: «Con alguna mal fijada tintura de latín e italiano, la cosecha literaria de Cervantes provenía sobre todo de las novelas pastoriles y las novelas de caballerías, fábulas arrulladoras del cautiverio.» El *Quijote* es menos un antídoto de esas ficciones que una secreta despedida nostálgica.

En la realidad, cada novela es un plano ideal; Cervantes se complace en confundir lo objetivo y lo subjetivo, el mundo del lector y el mundo del libro. En aquellos capítulos que discuten si la bacía del barbero es un yelmo y la albarda un jaez, el problema se trata de modo explícito; otros lugares, como ya anoté, lo insinúa. En el sexto capítulo de la primera parte, el cura y el barbero revisan la biblioteca de Don Quijote; asombrosamente uno de los libros examinados es la *Galatea* de Cervantes, y resulta que el barbero es amigo suyo y no lo admira demasiado, y dice que es más versado en desdichas que en versos y que el libro tiene algo de buena invención, propone algo y no concluye nada. El barbero, sueño de Cervantes o forma de un sueño de Cervantes, juzga a Cervantes... También es sorprendente saber, en el principio del noveno capítulo, que la novela entera ha sido traducida del árabe y que Cervantes adquirió el manuscrito en el mercado de Toledo, y lo hizo traducir por un morisco, a quien alojó más de mes y medio en su casa, mientras concluía la tarea. Pensamos en Carlyle, que fingió que el *Sartor resartus* era versión parcial de una obra publicada en Alemania por el doctor Diógenes Teufelsdroeckh; pensamos en el rabino castellano Moisés de León, que compuso el *Zohar* o *Libro del Esplendor* y lo divulgó como obra de un rabino palestiniano del siglo III.

Ese juego de extrañas ambigüedades culmina en la segunda parte; los protagonistas han leído la primera, los protagonistas del *Quijote* son, asimismo, lectores del *Quijote*. Aquí es inevitable recordar el caso de Shakespeare, que incluye en el escenario de *Hamlet* otro escenario, donde se representa una tragedia, que es más o menos la de *Hamlet;* la correspondencia imperfecta de la obra principal y la secundaria aminora la eficacia de esa inclusión. Un artificio análogo al de Cervantes, y aun más asombroso, figura en el *Ramayana,* poema de Valmiki, que narra las proezas de Rama y su guerra con los demonios. En el libro final, los hijos de Rama, que no saben quién es su padre, buscan amparo en una selva, donde un asceta les enseña a leer. Ese maestro es, extrañamente, Valmiki; el libro en que estudian, el *Ramayana.* Rama ordena un sacrificio de caballos; a esa fiesta acude Valmiki con sus alumnos. Estos acompañados por el laúd, cantan el *Ramayana.* Rama oye su propia historia, reconoce a sus hijos y luego recompensa al poeta... Algo parecido ha obrado el azar en *Las Mil y Una Noches.* Esta compilación de historias fantásticas duplica y reduplica hasta el vértigo la ramificación de un cuento central en cuentos adventicios, pero no trata de graduar sus realidades, y el efecto (que debió ser profundo) es superficial, como una alfombra persa. Es conocida la historia liminar de la serie: el desolado juramento del rey, que cada noche se desposa con una virgen que hace decapitar en el alba, y la resolución de Shahrazad, que lo distrae con fábulas, hasta que encima de los dos han girado mil y una noches y ella le muestra su hijo. La necesidad de completar mil y una secciones obligó a los copistas de la obra a interpolaciones de todas clases. Ninguna tan perturbadora como la de la noche DCII, mágica entre las noches. En esa noche, el rey oye de boca de la reina su propia historia. Oye el principio de la historia, que abarca a todas las demás, y también —de monstruoso modo—, a sí misma. ¿Intuye claramente el lector la vasta posibilidad de esa interpolación, el curioso peligro? Que la reina persista y el inmóvil rey oirá para siempre la trunca historia de *Las Mil y Una Noches,* ahora infinita y circular... Las invenciones de la filosofía no son menos fantásticas que las del arte: Josiah Royce, en el primer volumen de la obra *The world and the individual* (1899), ha formulado la siguiente: «Imaginemos que una porción del suelo de Inglaterra ha sido nivelada perfectamente y que en ella traza un cartógrafo un mapa de Inglaterra. La obra es perfecta; no hay detalle del suelo de Inglaterra, por diminuto que sea, que no esté registrado en el mapa; todo tiene ahí su correspondencia. Ese mapa, en tal caso, debe contener un mapa del mapa, que debe contener un mapa del mapa del mapa, y así hasta lo infinito.»

¿Por qué nos inquieta que el mapa esté incluido en el mapa y las mil y una noches en el libro de *Las Mil y Una Noches?* ¿Por qué nos inquieta que Don Quijote sea lector del *Quijote* y Hamlet espectador de *Hamlet?* Creo haber dado con la causa: tales inversiones sugieren que si los caracteres de una ficción pueden ser lectores o espectadores, nosotros, sus lectores o espectadores, podemos ser ficticios. En 1833, Carlyle observó que la historia universal es un infinito libro sagrado que todos los hombres escriben y leen y tratan de entender, y en el que también los escriben.

Nathaniel Hawthorne [1]

Empezaré la historia de las letras americanas con la historia de una metáfora; mejor dicho, con algunos ejemplos de esa metáfora. No sé quién la inventó; es quizá un error suponer que puedan inventarse metáforas. Las verdaderas, las que formulan íntimas conexiones entre una imagen y otra, han existido siempre; las que aún podemos inventar son las falsas, las que no vale la pena inventar. Esta que digo es la que asimila los sueños a una función de teatro. En el siglo XVII, Quevedo la formuló en el principio del *Sueño de la muerte;* Luis de Góngora, en el soneto *Varia imaginación,* donde leemos:

> El sueño, autor de representaciones,
> en su teatro sobre el viento armado,
> sombras suele vestir de bulto bello.

En el siglo XVIII, Addison lo dirá con más precisión. «El alma, cuando sueña —escribe Addison—, es teatro, actores y auditorio.» Mucho antes, el persa Umar Khy-

[1] Este texto es el de una conferencia dictada en el Colegio Libre de Estudios Superiores en marzo de 1949.

yam había escrito que la historia del mundo es una representación que Dios, el numeroso Dios de los panteístas, planea, representa y contempla, para distraer su eternidad; mucho después, el suizo Jung, en encantadores y, sin duda, exactos volúmenes, equipara las invenciones literarias a las invenciones oníricas, la literatura a los sueños.

Si la literatura es un sueño, un sueño dirigido y deliberado, pero fundamentalmente un sueño, está bien que los versos de Góngora sirvan de epígrafe a esta historia de las letras americanas y que inauguremos con el examen de Hawthorne, el soñador. Algo anteriores en el tiempo hay otros escritores americanos —Fenimore Cooper, una suerte de Eduardo Gutiérrez infinitamente inferior a Eduardo Gutiérrez; Washington Irving, urdidor de agradables españoladas—, pero podemos olvidarlos sin riesgo.

Hawthorne nació en 1804, en el puerto de Salem. Salem adolecía, ya entonces, de dos rasgos anómalos en América; era una ciudad, aunque pobre, muy vieja, era una ciudad en decadencia. En esa vieja y decaída ciudad de honesto nombre bíblico, Hawthorne vivió hasta 1836; la quiso con el triste amor que inspiran las personas que no nos quieren, los fracasos, las enfermedades, las manías; esencialmente no es mentira decir que no se alejó nunca de ella. Cincuenta años después, en Londres o en Roma, seguía en su aldea puritana de Salem; por ejemplo, cuando desaprobó que los escultores, en pleno siglo XIX, labraran estatuas desnudas.

Su padre, el capitán Nathaniel Hawthorne, murió en 1808, en las Indias Orientales, en Surinam, de fiebre amarilla; uno de su antepasados, John Hawthorne, fue juez en los procesos de hechicería de 1692, en los que diecinueve mujeres, entre ellas una esclava; Tituba, fueron condenadas a la horca. En esos curiosos procesos (ahora el fanatismo tiene otras formas), Justice Hawthorne obró con severidad y sin duda con sinceridad. «Tan conspicuo se hizo —escribió Nathaniel, nuestro Nathaniel— en el martirio de las brujas, que es lícito pensar que la sangre de esas desventuradas dejó una mancha en él. Una mancha tan honda que debe perdurar en sus viejos huesos, en el cementerio de Charter Street, si ahora no son polvo.» Hawthorne agrega, después de ese rasgo pictórico: «No sé si mis mayores se arrepintieron y suplicaron la divina misericordia; yo, ahora, lo hago por ellos y pido que cualquier maldición que haya caído sobre su raza nos sea, desde el día de hoy, perdonada.» Cuando el capitán Hawthorne murió, su viuda, la madre de Nathaniel, se recluyó en su dormitorio, en el segundo piso. En ese piso estaban los dormitorios de las hermanas, Louisa y Elizabeth; en el último, el de Nathaniel. Esas personas no comían juntas y casi no se hablaban; les dejaban la comida en una bandeja, en el corredor. Nathaniel se pasaba los días escribiendo cuentos fantásticos; a la hora del crepúsculo de la tarde salía a caminar. Ese furtivo régimen de vida duró doce años. En 1837 le escribió a Longfellow: «Me he recluido; sin el menor propósito de hacerlo, sin la menor sospecha de que eso iba a ocurrirme. Me he convertido en un prisionero, me he encerrado en un calabozo, y ahora ya no doy con la llave, y aunque estuviera abierta la puerta, casi me daría miedo salir.» Hawthorne era alto, hermoso, flaco, moreno. Tenía un andar hamacado de hombre de mar. En aquel tiempo no había (sin duda felizmente para los niños) literatura infantil; Hawthorne había leído a los seis años el *Pilgrim's Progress;* el primer libro que compró con su plata fue *The Faerie Queen;* dos alegorías. También, aunque sus biógrafos no lo digan, la Biblia; quizá la misma que el primer Hawthorne, William Hawthorne de Wilton, trajo de Inglaterra con una espada, en 1630. He pronunciado la palabra *alegorías;* esa palabra es importante, quizá imprudente o indiscreta, tratándose de la obra de Hawthorne. Es sabido que Hawthorne fue acusado de alegorizar por Edgar Allan Poe y que éste opinó que esa actividad y ese género eran indefendibles. Dos tareas nos encaran: la primera, indagar si el género alegórico es, en efecto, ilícito; la segunda, indagar si Nathaniel Hawthorne incurrió en ese género. Que yo sepa, la mejor refutación de las alegorías es la de Croce; la mejor vindicación, la de Chesterton. Croce acusa a la alegoría de ser un fatigoso pleonasmo, un juego de vanas repeticiones, que en primer término nos muestra (digamos) a Dante guiado por Virgilio y Beatriz y luego nos explica, o nos da a entender, que Dante es el alma, Virgilio la filosofía o la razón o la luz natural, y Beatriz la teología o la gracia. Según Croce, según el argumento de Croce (el ejemplo no es de él), Dante primero habría pensado: «La razón y la fe obran la salvación de las almas» o «La filosofía y la teología nos conducen al cielo», y luego donde pensó *razón* o *filosofía* puso *Virgilio* y donde pensó *teología* o *fe* puso *Beatriz,* lo que sería una especie de mascarada. La alegoría, según esa interpretación desdeñosa, vendría a ser una adivinanza, más extensa, más lenta y mucho más incómoda que las otras. Sería un género bárbaro o infantil, una distracción de la estética. Croce formuló esa refutación en 1907; en 1904, Chesterton ya la había refutado sin que aquél lo supiera. ¡Tan incomunicada y tan vasta es la literatura! La página pertinente de Chesterton consta en una monografía sobre el pintor Watts, ilustre en Inglaterra a fines del siglo XIX y acusado, como Hawthorne, de alegorismo. Chesterton admite que Watts ha ejecutado alegorías, pero niega que ese género sea culpable. Razona que la realidad es de una interminable riqueza y que el lenguaje de los hombres no agota ese vertiginoso caudal. Escribe: «El hombre sabe que hay en el alma tintes más desconcertantes, más innumerables y más anónimos que los colores de una selva otoñal. Cree, sin embargo, que esos tintes, en todas sus fusiones y conversiones, son representables con precisión por un mecanismo arbitrario de gruñidos y de chillidos. Cree que del interior de un bolsista salen realmente ruidos que significan todos los misterios de la memoria y todas las agonías del anhelo...» Chesterton infiere, después, que puede haber diversos lenguajes que de algún modo correspondan a la inasible realidad; entre esos muchos, el de las alegorías y fábulas.

En otras palabras: Beatriz no es un emblema de la fe, un trabajoso y arbitrario sinónimo de la palabra *fe;* la verdad es que en el mundo hay una cosa —un sentimiento peculiar, un proceso íntimo, una serie de estados análogos— que cabe indicar por dos símbolos: uno, asaz pobre, el sonido fe; otro, Beatriz, la gloriosa Beatriz que bajó del cielo y dejó sus huellas en el infierno para salvar a Dante. No sé si es válida la tesis de Chesterton; sé que una alegoría es tanto mejor cuanto sea menos reductible a un esquema, a un frío juego de abstracciones. Hay escritor que piensa por imágenes (Shakespeare o Donne o Víctor Hugo, digamos) y escritor que piensa por abstracciones (Benda o Bertrand Russell); *a priori*, los unos valen tanto como los otros, pero, cuando un abstracto, un razonador, quiere ser también imaginativo, o pasa por tal, ocurre lo denunciado por Croce. Notamos que un proceso lógico ha sido engalanado y disfrazado por el autor, «para deshonra del entendimiento del lector», como dijo Wordsworth. Es, para citar un ejemplo notorio de esa dolencia, el caso de José Ortega y Gasset, cuyo buen pensamiento queda obstruido por laboriosas y adventicias metáforas; es, muchas veces, el de Hawthorne. Por lo demás, ambos escritores son antagónicos. Ortega puede razonar bien o mal, pero no imaginar; Hawthorne era hombre de continua y curiosa imaginación, pero refractario, digámoslo así, al pensamiento. No digo que era estúpido; digo que pensaba por imágenes, por intuiciones, como suelen pensar las mujeres, no por un mecanismo dialéctico. Un error estético lo dañó: el deseo puritano de hacer de cada imaginación una fábula lo inducía a agregarles moralidades y a veces a falsearlas y a deformarlas. Se han conservado los cuadernos de apuntes en que anotaba, brevemente, argumentos; en uno de ellos, de 1836, está escrito: «Una serpiente es admitida en el estómago de un hombre y es alimentada por él, desde los quince a los treinta y cinco, atormentándolo horriblemente.» Basta con eso, pero Hawthorne se considera obligado a añadir: «Podría ser un emblema de la envidia o de otra malvada pasión.» Otro ejemplo, de 1838 esta vez: «Que ocurran acontecimientos extraños, misteriosos y atroces, que destruyan la felicidad de una persona. Que esa persona los impute a enemigos secretos y que descubra, al fin, que él es el único culpable y la causa. Moral, la felicidad está en nosotros mismos.» Otro, del mismo año: «Un hombre, en la vigilia, piensa bien de otro y confía en él, plenamente, pero lo inquietan sueños en que ese amigo obra como enemigo mortal. Se revela, al fin, que el carácter soñado era el verdadero. Los sueños tenían razón. La explicación sería la percepción instintiva de la verdad.» Son mejores aquellas fantasías puras que no buscan justificación o moralidad y que parecen no tener otro fondo que un oscuro terror. Esta, de 1838: «En medio de una multitud imaginar un hombre cuyo destino y cuya vida están en poder de otro, como si los dos estuviesen en un desierto.» Esta, que es una variación de la anterior y que Hawthorne apuntó cinco años después: «Un hombre de fuerte voluntad ordena a otro, moralmente sujeto a él, que ejecute un acto. El que ordena muere y el otro, hasta el fin de sus días, sigue ejecutando aquel acto.» (No sé de qué manera Hawthorne hubiera escrito ese argumento; no sé si hubiera convenido que el acto ejecutado fuera trivial o levemente horrible o fantástico o tal vez humillante.) Este, cuyo tema es también la esclavitud, la sujeción a otro: «Un hombre rico deja en su testamento su casa a una pareja pobre. Esta se muda ahí; encuentra un sirviente sombrío que el testamento les prohíbe expulsar. Este los atormenta; se descubre, al fin, que es el hombre que les ha legado la casa.» Citaré dos bosquejos más, bastante curiosos, cuyo tema (no ignorado por Pirandello o por André Gide) es la coincidencia o confusión del plano estético y del plano común, de la realidad y del arte. He aquí el primero: «Dos personas esperan en la calle un acontecimiento y la aparición de los principales actores. El acontecimiento ya está ocurriendo y ellos son los actores.» El otro es más complejo: «Que un hombre escriba un cuento y compruebe que éste se desarrolla contra sus intenciones; que los personajes no obren como él quería; que ocurran hechos no previstos por él y que se acerque una catástrofe que él trate, en vano, de eludir. Ese cuento podría prefigurar su propio destino y uno de los personajes es él.» Tales juegos, tales momentáneas confluencias del mundo imaginario y del mundo real —del mundo que en el curso de la lectura simulamos que es real— son, o nos parecen, modernos. Su origen, su antiguo origen, está acaso en aquel lugar de la *Ilíada* en que Elena de Troya teje su tapiz y lo que teje son batallas y desventuras de la misma guerra de Troya. Ese rasgo tiene que haber impresionado a Virgilio, pues en la *Eneida* consta que Eneas, guerrero de la guerra de Troya, arribó al puerto de Cartago y vio esculpidas en el mármol de un templo escenas de esa guerra y, entre tantas imágenes de guerreros, también su propia imagen. A Hawthorne le gustaban esos contactos de lo imaginario y lo real, son reflejos y duplicaciones del arte; también se nota, en los bosquejos que ha señalado, que propendía a la noción panteísta de que un hombre es los otros, de que un hombre es todos los hombres.

Algo más grave que las duplicaciones y el panteísmo se advierte en los bosquejos, algo más grave para un hombre que aspira a novelista, quiero decir. Se advierte que el estímulo de Hawthorne, que el punto de partida de Hawthorne eran, en general, situaciones. Situaciones, no caracteres. Hawthorne primero imaginaba, acaso involuntariamente, una situación, y buscaba después caracteres que la encarnaran. No soy un novelista, pero sospecho que ningún novelista ha procedido así: «Creo que Schomberg es real», escribió Joseph Conrad de uno de los personajes más memorables de su novela *Victory* y eso podría honestamente afirmar cualquier novelista de cualquier personaje. Las aventuras del *Quijote* no están muy bien ideadas, los lentos y antitéticos diálogos —razonamientos, creo que los llama el autor— pecan de inverosímiles, pero no cabe duda de que Cervantes conocía bien a Don Quijote y podía creer en él. Nuestra creencia en la creencia del novelista salva todas las negligencias y fallas. Qué importan hechos increíbles o torpes si nos consta que el autor los ha ideado, no para sorprender nuestra buena fe, sino para definir a sus personajes. Qué importan los pueriles escándalos y los confusos crímenes de la supuesta Corte de Dinamarca si creemos en el príncipe Hamlet. Hawthorne, en cambio, primero concebía una situación, o una serie de situaciones, y después elaboraba la gente que su plan requería. Ese método puede producir, o permitir, admirables cuentos, porque en ellos, en razón de su brevedad, la trama es más visible que los actores, pero no admirables novelas, donde la forma general (si la hay) sólo es visible al fin y donde un solo personaje mal inventado puede contaminar de irrealidad a quienes lo acompañan. De las razones anteriores podría, de antemano, inferirse que los cuentos de Hawthorne valen más que las novelas de Hawthorne. Yo entiendo que así es. Los veinticuatro capítulos que componen *La letra escarlata* abundan en pasajes memorables, redactados en buena y sensible prosa, pero ninguno de ellos me ha conmovido como la singular historia de Wakefield que está en los *Twice-Told Tales*. Hawthorne había leído en un diario, o simuló por fines literarios haber leído en un diario, el caso de un señor inglés que dejó a su mujer sin motivo alguno, se alojó a la vuelta de su casa, y ahí, sin que nadie lo sospechara, pasó oculto veinte años. Durante ese largo período, pasó todos los días frente a su casa o la miró desde la esquina, y muchas veces divisó a su mujer. Cuando lo habían dado por muerto, cuando hacía mucho tiempo que su mujer se había resignado a ser viuda, el hombre, un día, abrió la puerta de su casa y entró. Sencillamente, como si hubiera faltado unas horas. (Fue hasta el día de su muerte un esposo ejemplar.) Hawthorne leyó con inquietud el curioso caso y trató de entenderlo, de imaginarlo. Caviló sobre el tema; el cuento *Wakefield* es la historia conjetural de ese desterrado. Las interpretaciones del enigma pueden ser infinitas; veamos la de Hawthorne.

Este imagina a Wakefield un hombre sosegado, tímidamente vanidoso, egoísta, propenso a misterios pueriles, a guardar secretos insignificantes; un hombre tibio, de gran proeza imaginativa y mental, pero capaz de largas y ociosas e inconclusas y vagas meditaciones; un marido constante, defendido por la pereza. Wakefield, en el atardecer de un día de octubre, se despide de su mujer. Le ha dicho —no hay que olvidar que estamos a principios del siglo XIX— que va a tomar la diligencia y que regresará, a más tardar, dentro de unos días. La mujer, que lo sabe aficionado a misterios inofensivos, no le pregunta las razones del viaje. Wakefield está de botas, de galera, de sobretodo; lleva paraguas y valija. Wakefield —esto me parece admirable— no sabe aún lo que ocurrirá, fatalmente. Sale, con la resolución más o menos firme de inquietar o asombrar a su mujer, faltando una semana entera de casa. Sale, cierra la puerta de calle, luego la entreabre y, un momento, sonríe. Años después, la mujer recordará esta sonrisa última. Lo imaginará en un cajón con la sonrisa helada en la cara, o en el paraíso, en la gloria, sonriendo con astucia y tranquilidad. Todos creerán que ha muerto y ella recordará esa sonrisa y pensará que, acaso, no es viuda. Wakefield, al cabo de unos cuantos rodeos, llega al alojamiento que tenía listo. Se acomoda junto a la chimenea y sonríe; está a la vuelta de su casa y ha arribado al término de su viaje. Duda, se felicita, le parece increíble ya estar ahí, teme que lo hayan observado y que lo denuncien. Casi arrepentido, se acuesta; en la vasta cama desierta tiende los brazos y repite en voz alta: «No dormiré solo otra noche.» Al otro día, se recuerda más temprano que de costumbre y se pregunta, con perplejidad, qué va a hacer. Sabe que tiene algún propósito, pero le cuesta definirlo. Descubre, finalmente, que su propósito es averiguar la impresión que una semana de viudez causará en la ejemplar señora de Wakefield. La curiosidad lo impulsa a la calle. Murmura: «Espiaré de lejos mi casa.» Camina, se distrae; de pronto se da cuenta que el hábito lo ha traído, alevosamente, a su propia puerta y que está por entrar. Entonces retrocede aterrado. ¿No lo habrán visto; no lo perseguirán? En una esquina se da vuelta y mira su casa; ésta le parece distinta, porque él ya es otro, porque una sola noche ha obrado en él, aunque él no lo sabe, una transformación. En su alma se ha operado el cambio moral que lo condenará a veinte años de exilio. Ahí, realmente, empieza la larga aventura. Wakefield adquiere una peluca rojiza. Cambia de hábitos; al cabo de algún tiempo ha establecido una nueva rutina. Lo aqueja la sospecha de que su ausencia no ha trastornado bastante a la señora Wakefield. Decide no volver hasta haberle dado un buen susto. Un día el boticario entra en la casa, otro día el médico. Wakefield se aflige, pero teme que su brusca reaparición pueda agravar el mal. Poseído, deja correr el tiempo; antes pensaba: «Volveré en tantos días», ahora, «en tantas semanas». Y así pasan diez años. Hace ya mucho que no sabe que su conducta es rara. Con todo el tibio afecto de que su corazón es capaz, Wakefield sigue queriendo a su mujer y ella está olvidándolo. Un domingo por la mañana se cruzan los dos en la calle, entre las muchedumbres de Londres. Wakefield ha enflaquecido; camina oblicuamente, como ocultándose, como huyendo; su frente baja está como surcada de arrugas; su rostro que antes era vulgar, ahora es extraordinario, por la empresa extraordinaria que ha ejecutado. En sus ojos chicos la mirada acecha o se pierde. La mujer ha engrosado; lleva en la mano un libro de misa y toda ella parece un emblema de plácida y resignada viudez. Se ha acostumbrado a la tristeza y no la cambiaría, tal vez, por la felicidad. Cara a cara, los dos se miran en los ojos. La muchedumbre los aparta, los pierde. Wakefield huye a su alojamiento, cierra la puerta con dos vueltas de llave y se tira en la cama donde lo trabaja un sollozo. Por un instante ve la miserable singularidad de su vida. «¡Wakefield, Wakefield! ¡Estás loco!», se dice. Quizá lo está. En el centro de Londres se ha desvinculado del mundo. Sin haber muerto ha renunciado a su lugar y a sus privilegios entre los hombres vivos. Mentalmente sigue viviendo junto a su mujer en su hogar. No sabe, o casi nunca sabe, que es otro. Repite «Pronto regresaré» y no piensa que hace veinte años que está repitiendo lo mismo. En el recuerdo los veinte años de soledad le parecen un interludio, un mero paréntesis. Una tarde, una tarde igual a otras tardes, a las miles de tardes anteriores, Wakefield mira su casa. Por los cristales ve que en el primer piso han encendido el fuego; en el moldeado cielo raso las llamas lanzan grotescamente la sombra de la señora Wakefield. Rompe a llover; Wakefield siente una racha de frío. Le parece ridículo mojarse cuando ahí tiene su casa, su hogar. Sube pesadamente la escalera y abre la puerta. En su rostro juega, espectral, la taimada sonrisa que conocemos.

Wakefield ha vuelto, al fin. Hawthorne no nos refiere su destino ulterior, pero nos deja adivinar que ya estaba, en cierto modo, muerto. Copio las palabras finales: «En el desorden aparente de nuestro misterioso mundo, cada hombre está ajustado a un sistema con tan exquisito rigor —y los sistemas entre sí, y todos a todo— que el individuo que se desvía un solo momento, corre el terrible albur de perder para siempre su lugar. Corre el albur de ser, como Wakefield, el Paria del Universo.»

En esta breve y ominosa parábola —que data de 1835— ya estamos en el mundo de Herman Melville, en el mundo de Kafka. Un mundo de castigos enigmáticos y de culpas indescifrables. Se dirá que ello nada tiene de singular, pues el orbe de Kafka es el judaísmo, y el de Hawthorne, las iras y los castigos del Viejo Testamento. La observación es justa, pero su alcance no rebasa la ética, y entre la horrible historia de Wakefield y muchas historias de Kafka, no sólo hay una ética común sino una retórica. Hay, por ejemplo, la honda *trivialidad* del protagonista, que contrasta con la magnitud de su perdición y que lo entrega, aún más desvalido, a las Furias. Hay el fondo borroso, contra el cual se recorta la pesadilla. Hawthorne, en otras narraciones, invoca un pasado romántico; en ésta se imita a un Londres burgués, cuyas multitudes le sirven, por lo demás, para ocultar al héroe.

Aquí, sin desmedro alguno de Hawthorne, yo desearía intercalar una observación. La circunstancia, la extraña circunstancia, de percibir en un cuento de Hawthorne, redactado a principios del siglo XIX, el sabor mismo de los cuentos de Kafka que trabajó a principios del siglo XX, no debe hacernos olvidar que el sabor de Kafka ha sido creado, ha sido determinado, por Kafka. *Wakefield* prefigura a Franz Kafka, pero éste modifica, y afina, la lectura de *Wakefield*. La deuda es mutua; un gran escritor crea a sus precursores. Los crea y de algún modo los justifica. Así, ¿qué sería de Marlowe sin Shakespeare?

El traductor y crítico Malcolm Cowley ve en *Wakefield* una alegoría de la curiosa reclusión de Nathaniel Hawthorne. Schopenhauer ha escrito, famosamente, que no hay acto, que no hay pensamiento, que no hay enfermedad que no sean voluntarios; si hay verdad en esa opinión, cabría conjeturar que Nathaniel Hawthorne se apartó muchos años de la sociedad de los hombres para que no faltara en el universo, cuyo fin es acaso la variedad, la singular historia de Wakefield. Si Kafka hubiera escrito esa historia, Wakefield no hubiera conseguido, jamás, volver a su casa; Hawthorne le permite volver, pero su vuelta no es menos lamentable ni menos atroz que su larga ausencia.

Una parábola de Hawthorne, que estuvo a punto de ser magistral y que no lo es, pues la ha dañado la preocupación de la ética, es la que se titula *Earth's holocaust:* el Holocausto de la Tierra. En esa ficción alegórica, Hawthorne prevé un momento en que los hombres, hartos de acumulaciones inútiles, resuelven destruir el pasado. En el atardecer se congregan, para ese fin, en uno de los vastos territorios del oeste de América. A esa llanura occidental llegan hombres de todos los confines del mundo. En el centro hacen una altísima hoguera que alimentan con todas las genealogías, con todos los diplomas, con todas las medallas, con todas las órdenes, con todas las ejecutorias, con todos los escudos, con todas las coronas, con todos los cerros, con todas las tiaras, con todas las púrpuras, con todos los doseles, con todos los troncos, con todos los alcoholes, con todas las bolsas de café, con todos los cajones de té, con todos los cigarros, con todas las cartas de amor, con toda la artillería, con todas las espadas, con todas las banderas, con todos los tambores marciales, con todos los instrumentos de tortura, con todas las guillotinas, con todas las horcas, con todos los metales preciosos, con todo el dinero, con todos los títulos de propiedad, con todas las constituciones y códigos, con todos los libros, con todas las mitras, con todas las dalmáticas, con todas las sagradas escrituras que hoy pueblan y fatigan la Tierra. Hawthorne ve con asombro la combustión y con algún escándalo; un hombre de aire pensativo le dice que no debe alegrarse ni entristecerse, pues la vasta pirámide de fuego no ha consumido sino lo que era consumible en las cosas. Otro espectador —el demonio— observa que los empresarios del holocausto se han olvidado de arrojar lo esencial, el corazón humano, donde está la raíz de todo pecado, y que sólo han destruido unas cuantas formas. Hawthorne concluye así: «El corazón, el corazón, ésa es la breve esfera ilimitada en la que radica la culpa de la que apenas son unos símbolos el crimen y la miseria del mundo. Purifiquemos esa esfera interior, y las muchas formas del mal que entenebrecen este mundo visible huirán como fantasmas, porque si no rebasamos la inteligencia y procuramos, con ese instrumento imperfecto, discernir y corregir lo que nos aqueja, toda nuestra obra será un sueño. Un sueño tan insustancial que nada importa que la hoguera, que he descrito con tanta fidelidad, sea lo que llamamos un hecho real y un fuego que chamusque las manos o un fuego imaginado y una parábola.» Hawthorne, aquí, se ha dejado arrastrar por la doctrina cristiana, y específicamente calvinista, de la depravación ingénita de los hombres y no parece haber notado que su parábola de una ilusoria destrucción de todas las cosas es capaz de un sentido filosófico y no sólo moral. En efecto, si el mundo es el sueño de Alguien, si hay Alguien que ahora está soñándonos y que sueña la historia del universo, como es doctrina de la escuela idealista, la aniquilación de las religiones y de las artes, el incendio general de las bibliotecas, no importa mucho más que la destrucción de los muebles de un sueño. La mente que una vez lo soñó volverá a soñarlos; mientras la mente siga soñando, nada se habrá perdido. La convicción de esta verdad, que parece fantástica, hizo que Schopenhauer, en su libro *Parerga und Paralipomena,* comparara la historia a un calidoscopio, en el que cambian las figuras, no los pedacitos de vidrio, y a una eterna y confusa tragicomedia en la que cambian los papeles y máscaras, pero no los actores. Esa misma intuición de que el universo es una proyección de nuestra alma y de que la historia universal está en cada hombre, hizo escribir a Emerson el poema que se titula *History.*

En lo que se refiere a la fantasía de abolir el pasado, no sé si cabe recordar que ésta fue ensayada en la China, con adversa fortuna, tres siglos antes de Jesús. Escribe

Herbert Allen Giles: «El ministro Li Su propuso que la historia comenzara con el nuevo monarca, que tomó el título de Primer Emperador. Para tronchar las vanas pretensiones de la antigüedad, se ordenó la confiscación y quemazón de todos los libros, salvo los que enseñaran agricultura, medicina o astrología. Quienes ocultaron sus libros, fueron marcados con un hierro candente y obligados a trabajar en la construcción de la Gran Muralla. Muchas obras valiosas perecieron; a la abnegación y al valor de oscuros o ignorados hombres de letras debe la posteridad la conservación del canon de Confucio. Tantos literatos, se dice, fueron ejecutados por desacatar las órdenes imperiales, que en invierno crecieron melones en el lugar donde los habían enterrado». En Inglaterra, al promediar el siglo XVII, ese mismo propósito resurgió, entre los puritanos, entre los antepasados de Hawthorne. «En uno de los parlamentos populares convocados por Cromwell —refiere Samuel Johnson— se propuso muy seriamente que se quemaran los archivos de la Torre de Londres, que se borrara toda memoria de las cosas pretéritas y que todo el régimen de la vida recomenzara.» Es decir, el propósito de abolir el pasado ya ocurrió en el pasado y —paradójicamente— es una de las pruebas de que el pasado no se puede abolir. El pasado es indestructible; tarde o temprano vuelven todas las cosas, y una de las cosas que vuelven es el proyecto de abolir el pasado.

Como Stevenson, también hijo de puritanos, Hawthorne no dejó de sentir nunca que la tarea de escritor era frívola, o, lo que es peor, culpable. En el prólogo de la *Letra escarlata,* imagina a las sombras de sus mayores mirándolo escribir su novela. El pasaje es curioso. «*¿Qué estará haciendo?* —dice una antigua sombra a las otras—. *¡Está escribiendo un libro de cuentos! ¿Qué oficio será ése, qué manera de glorificar a Dios o de ser útil a los hombres, en su día y generación? Tanto le valdría a ese descastado ser violinista.*» El pasaje es curioso, porque encierra una suerte de confidencia y corresponde a escrúpulos íntimos. Corresponde también al antiguo pleito de la ética y de la estética o, si se quiere, de la teología y la estética. Uno de sus primeros testimonios consta en la Sagrada Escritura y prohíbe a los hombres que adoren ídolos. Otro es el de Platón, que en el décimo libro de la *República* razona de este modo: «Dios crea el Arquetipo (la idea original) de la mesa; el carpintero, un simulacro.» Otro es el de Mahoma, que declaró que toda representación de una cosa viva comparecerá ante el Señor, el día del Juicio Final. Los ángeles ordenarán al artífice que la anime; éste fracasará y lo arrojarán al Infierno, durante cierto tiempo. Algunos doctores musulmanes pretenden que sólo están vedadas las imágenes capaces de proyectar una sombra (las esculturas) ... De Plotino se cuenta que estaba casi avergonzado de habitar en un cuerpo y que no permitió a los escultores la perpetuación de sus rasgos. Un amigo le rogaba una vez que se dejara retratar; Plotino le dijo: «Bastante me fatiga tener que arrastrar este simulacro en que la naturaleza me ha encarcelado. ¿Consentiré además que se perpetúe la imagen de esta imagen?»

Nathaniel Hawthorne desató esa dificultad (que no es ilusoria) de la manera que sabemos; compuso moralidades y fábulas; hizo o procuró hacer del arte una función de la conciencia. Así, para concretarnos a un solo ejemplo, la novela *The house of the seven gables (La casa de los siete tejados)* quiere mostrar que el mal cometido por una generación perdura y se prolonga en las subsiguientes, como una suerte de castigo heredado. Andrew Lang ha confrontado esa novela con las de Emilio Zola, o con la teoría de las novelas de Emilio Zola; salvo un asombro momentáneo, no sé qué utilidad puede rendir la aproximación de esos nombres heterogéneos. Que Hawthorne persiguiera, o tolerara, propósitos de tipo moral no invalida, no puede invalidar, su obra. En el decurso de una vida consagrada menos a vivir que a leer, he verificado muchas veces que los propósitos y teorías literarias no son otra cosa que estímulos y que la obra final suele ignorarlos y hasta contradecirlos. Si en el autor hay algo, ningún propósito, por baladí o erróneo que sea, podrá afectar, de un modo irreparable, su obra. Un autor puede adolecer de prejuicios absurdos, pero su obra, si es genuina, si responde a una genuina visión, no podrá ser absurda. Hacia 1916, los novelistas de Inglaterra y de Francia creían (o creían que creían) que todos los alemanes eran demonios; en sus novelas, sin embargo, los presentaban como seres humanos. En Hawthorne, siempre la visión germinal era verdadera; lo falso, lo eventualmente falso, son las moralidades que agregaba en el último párrafo o los personajes que ideaba, que armaba, para representarla. Los personajes de la *Letra escarlata* —especialmente Hester Prynne, la heroína— son más independientes, más autónomos, que los de otras ficciones suyas; suelen asemejarse a los habitantes de la mayoría de las novelas y no son meras proyecciones de Hawthorne, ligeramente disfrazadas. Esta objetividad, esta relativa y parcial objetividad, es quizá la razón de que dos escritores tan agudos (y tan disímiles) como Henry James y Ludwig Lewisohn, juzguen que la *Letra escarlata* es la obra maestra de Hawthorne, su testimonio imprescindible. Yo me aventuro a diferir de esas autoridades. Quien anhele objetividad, quien tenga hambre y sed de objetividad, búsquela en Joseph Conrad o en Tolstoi; quien busque el peculiar sabor de Nathaniel Hawthorne, lo hallará menos en sus laboriosas novelas que en alguna página lateral o que en los leves y patéticos cuentos. No sé muy bien cómo razonar mi desvío; en las tres novelas americanas y en el *Fauno de mármol* sólo veo una serie de situaciones, urdidas con destreza profesional para conmover al lector, no una espontánea y viva actividad de la imaginación. Esta (lo repito) ha obrado el argumento general y las digresiones, no la trabazón de los episodios y la psicología —de algún modo tenemos que llamarla— de los actores.

Johnson observa que a ningún escritor le gusta deber algo a sus contemporáneos; Hawthorne los ignoró en lo posible. Quizá obró bien; quizá nuestros contemporáneos —siempre— se parecen demasiado a nosotros, y quien busca novedades las hallará con más facilidad en los antiguos. Hawthorne, según sus biógrafos, no leyó a De Quincey, no leyó a Keats, no leyó a Víctor Hugo —que tampoco se leyeron entre ellos—. Groussac no toleraba que un americano pudiera ser original; en Hawthorne denunció «la notable influencia de Hoffmann»; dictamen que parece fundado en una equitativa ignorancia de ambos autores. La imaginación de Hawthorne es romántica; su estilo, a pesar de algunos excesos, corresponde al siglo XVIII, al débil fin del admirable siglo XVIII.

He leído varios fragmentos del diario que Hawthorne escribió para distraer su larga soledad; he referido, siquiera brevemente, dos cuentos; ahora leeré una página del *Marble faun* para que ustedes oigan a Hawthorne. El tema es aquel pozo o abismo que se abrió, según los historiadores latinos, en el centro del Foro y en cuya ciega hondura un romano se arrojó, armado y a caballo, para propiciar a los dioses. Reza el texto de Hawthorne:

«Resolvamos —dijo Kenyon— que éste es precisamente el lugar donde la caverna se abrió, en la que el héroe se lanzó con su buen caballo. Imaginemos el enorme y oscuro hueco, impenetrablemente hondo, con vagos monstruos y con caras atroces mirando desde abajo y llenando de horror a los ciudadanos que se habían asomado a los bordes. Adentro había, a no dudarlo, visiones proféticas (intimaciones de todos los infortunios de Roma), sombras de galos y de vándalos y de los soldados franceses. ¡Qué lástima que lo cerraron tan pronto! Yo daría cualquier cosa por un vistazo.

Yo creo —dijo Miriam— que no hay persona que no eche una mirada a esa grieta, en momentos de sombra y de abatimiento, es decir, de intuición.

Esa grieta —dijo su amigo— era sólo una boca del abismo de oscuridad que está debajo de nosotros, en todas partes. La sustancia más firme de la felicidad de los hombres es una lámina interpuesta sobre ese abismo y que mantiene nuestro mundo ilusorio. No se requiere un terremoto para romperla; basta apoyar el pie. Hay que pisar con mucho cuidado. Inevitablemente, al fin nos hundimos. Fue un tonto alarde de heroísmo el de Curcio cuando se adelantó a arrojarse a la hondura, pues Roma entera, como ven, ha caído adentro. El Palacio de los Césares ha caído, con un ruido de piedras que se derrumba. Todos los templos han caído, y luego han arrojado miles de estatuas. Todos los ejércitos y los triunfos han caído, marchando, en esa caverna, y tocaba la música marcial mientras se despeñaban...»

Hasta aquí, Hawthorne. Desde el punto de vista de la razón (de la mera razón que no debe entrometerse en las artes) el ferviente pasaje que he traducido es indefendible. La grieta que se abrió en la mitad del foro es demasiadas cosas. En el curso de un solo párrafo es la grieta de que hablan los historiadores latinos y también es la boca del Infierno «con vagos monstruos y con caras atroces», y también es el horror esencial de la vida humana, y también es el Tiempo, que devora estatuas y ejércitos, y también es la Eternidad, que encierra los tiempos. Es un símbolo múltiple, un símbolo capaz de muchos valores, acaso incompatibles. Para la razón, para el entendimiento lógico, esta variedad de valores puede constituir un escándalo, no así para los sueños que tienen su álgebra singular y secreta, y en cuyo ambiguo territorio una cosa puede ser muchas. Ese mundo de sueños es el de Hawthorne. Este se propuso una vez escribir un sueño, «que fuera como un sueño verdadero, y que tuviera la incoherencia, las rarezas y la falta de propósito de los sueños» y se maravilló de que nadie, hasta el día de hoy, hubiera ejecutado algo semejante. En el mismo diario en que dejó escrito ese extraño proyecto —que toda nuestra literatura «moderna» trata vanamente de ejecutar, y que, tal vez, sólo ha realizado Lewis Carroll— anotó miles de impresiones triviales, de pequeños rasgos concretos (el movimiento de una gallina, la sombra de una rama en la pared) que abarcan seis volúmenes, cuya inexplicable abundancia es la consternación de todos los biógrafos. «Parecen cartas agradables e inútiles —escribe con perplejidad Henry James— que se dirigiera a sí mismo un hombre que abrigara el temor de que las abrieran en el correo y que hubiera resuelto no decir nada comprometedor.» Yo tengo para mí que Nathaniel Hawthorne registraba, a lo largo de los años, esas trivialidades para demostrarse a sí mismo que él era real, para liberarse, de algún modo, de la impresión de irrealidad, de fantasmidad, que solía visitarlo.

En uno de los días de 1840 escribió: «Aquí estoy en mi cuarto habitual, donde me parece estar siempre. Aquí he concluido muchos cuentos, muchos que después he quemado, muchos que sin duda merecen ese ardiente destino. Esta es una pieza embrujada, porque miles y miles de visiones han poblado su ámbito, y algunas ahora son visibles al mundo. A veces creía estar en la sepultura, helado y detenido y entumecido; otras, creía ser feliz... Ahora empiezo a comprender por qué fui prisionero tantos años en este cuarto solitario y por qué no pude romper sus rejas invisibles. Si antes hubiera conseguido evadirme, ahora sería duro y áspero y tendría el corazón cubierto de polvo terrenal... En verdad, sólo somos sombras...» En las líneas que acabo de transcribir, Hawthorne menciona «miles y miles de visiones». La cifra no es acaso una hipérbole; los doce tomos de las obras completas son unos pocos de los muchísimos que abocetó en su diario. (Entre los concluidos hay uno —*Mr. Higginbotham's catastrophe* [La muerte repetida]— que prefigura el género policial que inventaría Poe.) Miss Margaret Fuller, que lo trató en la comunidad utópica de Brook Farm, escribió después: «De aquel océano sólo hemos tenido unas gotas», y Emerson, que también era amigo suyo, creía que Hawthorne no había dado jamás toda su medida. Hawthorne se casó en 1842, es decir, a los treinta y ocho años; su vida, hasta esa fecha, fue casi puramente imaginativa, mental. Trabajó en la aduana de Boston, fue cónsul de los Estados Unidos en Liverpool, vivió en Florencia, en Roma y en Londres, pero su realidad fue, siempre, el tenue mundo crepuscular, o lunar, de las imaginaciones fantásticas.

En el principio de esta clase he mencionado la doctrina del psicólogo Jung que equipara las invenciones literarias a las invenciones oníricas, la literatura a los sueños. Esta doctrina no parece aplicable a las literaturas que usan el idioma español, clientes del diccionario y de la retórica, no de la fantasía. En cambio, es adecuada a las letras de América del Norte. Estas (como las de Inglaterra o las de Alemania) son más capaces de inventar que de transcribir, de crear que de observar. De ese rasgo procede la curiosa veneración que tributan los norteamericanos a las obras realistas y que los mueve a postular, por ejemplo, que Maupassant es más importante que Hugo. La razón es que un escritor norteamericano tiene la posibilidad de ser Hugo; no, sin violencia, la de ser Maupassant. Comparada con la de los Estados Unidos, que ha dado varios hombres de genio, que ha influido en Inglaterra y en Francia, nuestra literatura argentina corre el albur de parecer un tanto provincial; sin embargo, en el siglo XIX, produjo algunas páginas de realismo —algunas admirables crueldades de Echeverría, de Ascasubi, de Hernández, del ignorado Eduardo Gutiérrez— que los norteamericanos no han superado (tal vez no han igualado) hasta ahora. Faulkner, se objetará, no es menos brutal que nuestros gauchescos. Lo es, ya lo sé, pero de un modo alucinatorio. De un modo infernal, no terrestre. Del modo de los sueños, del modo inaugurado por Hawthorne.

Este murió el 18 de mayo de 1864, en las montañas de New Hampshire. Su muerte fue tranquila y fue misteriosa, pues ocurrió en el sueño. Nada nos veda imaginar que murió soñando y hasta podemos inventar la historia que soñaba —la última de una serie infinita— y de qué manera la coronó o la borró la muerte. Algún día, acaso, la escribiré y trataré de rescatar con un cuento aceptable esta deficiente y harto digresiva lección.

Van Wyck Brooks, en *The flowering of New England,* D. H. Lawrence en *Studies in classic American literature,* y Ludwig Lewisohn, en *The story of American literature,* analizan y juzgan la obra de Hawthorne. Hay muchas biografías. Yo he manejado la que Henry James redactó en 1879 para la serie *English men of letters,* de Morley.

Muerto Hawthorne, los demás escritores heredaron su tarea de soñar. En la próxima clase estudiaremos, si lo tolera la indulgencia de ustedes, la gloria y los tormentos de Poe, en quien el sueño se exaltó a pesadilla.

Valéry como símbolo

Aproximar el nombre de Whitman al de Paul Valéry es, a primera vista, una operación arbitraria y (lo que es peor) inepta. Valéry es símbolo de infinitas destrezas pero asimismo de infinitos escrúpulos; Whitman, de una casi incoherente pero titánica vocación de felicidad; Valéry ilustremente personifica los laberintos del espíritu: Whitman, las interjecciones del cuerpo. Valéry es símbolo de Europa y de su delicado crepúsculo; Whitman, de la mañana en América. El orbe entero de la literatura parece no admitir dos aplicaciones más antagónicas de la palabra *poeta*. Un hecho, sin embargo, los une: la obra de los dos es menos preciosa como poesía que como signo de un poeta ejemplar, creado por esa obra. Así, el poeta inglés Lascelles Abercrombie pudo alabar a Whitman por haber creado «de la riqueza de su noble experiencia, esa figura vívida y personal que es una de las pocas cosas realmente grandes de la poesía de nuestro tiempo: la figura de él mismo». El dictamen es vago y superlativo, pero tiene la singular virtud de no identificar a Whitman, hombre de letras y devoto de Tennyson, con Whitman, héroe semidivino de *Leaves of grass.* La distinción es válida; Whitman redactó sus rapsodias en función de un yo imaginario, formado parcialmente de él mismo, parcialmente de cada uno de sus lectores. De ahí las divergencias que han exasperado a la crítica; de ahí la costumbre de fechar sus poemas en territorios que jamás conoció; de ahí que, en tal página de su obra, naciera en los estados del Sur, y en tal otra (también en la realidad) en Long Island.

Uno de los propósitos de las composiciones de Whitman es definir a un hombre posible —Walt Whitman— de ilimitada y negligente felicidad; no menos hiperbólico, no menos ilusorio, es el hombre que definen las composiciones de Valéry. Este no magnifica, como aquél, las capacidades humanas de filantropía, de fervor y de dicha; magnifica las virtudes mentales. Valéry ha creado a Edmond Teste; ese personaje sería uno de los mitos de nuestro siglo si todos, íntimamente, no lo juzgáramos un mero *Doppelgänger* de Valéry. Para nosotros, Valéry es Edmond Teste. Es decir, Valéry es una derivación del Chevalier Dupin de Edgar Allan Poe y del inconcebible Dios de los teólogos. Lo cual, verosímilmente, no es cierto.

Yeats, Rilke y Eliot han escrito versos más memorables que los de Valéry; Joyce y Stefan George han ejecutado modificaciones más profundas en su instrumento (quizá el francés es menos modificable que el inglés y que el alemán); pero detrás de la obra de esos eminentes artífices no hay una personalidad comparable a la de Valéry. Las circunstancias de que esa personalidad sea, de algún modo, una proyección de la obra, no disminuye el hecho. Proponer a los hombres la lucidez en una era bajamente romántica, en la era melancólica del nazismo y del materialismo dialéctico, de los augures de la secta de Freud y de los comerciantes del *surréalisme,* tal es la benemérita misión que desempeñó (que sigue desempeñando) Valéry.

Paul Valéry nos deja, al morir, el símbolo de un hombre infinitamente sensible a todo hecho y para el cual todo hecho es un estímulo que puede suscitar una infinita serie de pensamientos. De un hombre que trasciende los rasgos diferenciales del yo y de quien podemos decir, como William Hazlitt de Shakespeare: *He is nothing in himself*. De un hombre cuyos admirables textos no agotan, ni siquiera definen, sus omnímodas posibilidades. De un hombre que, en un siglo que adora los caóticos ídolos de la sangre, de la tierra y de la pasión, prefirió siempre los lúcidos placeres del pensamiento y las secretas aventuras del orden.

Buenos Aires, 1945.

El enigma de Edward Fitzgerald

Un hombre, Umar ben Ibrahim, nace en Persia, en el siglo XI de la era cristiana (aquel siglo fue para él el quinto de la Héjira), y aprende el Alcorán y las tradiciones con Hassán ben Sabbáh, futuro fundador de la secta de los Hashishin o Asesinos, y con Nizam ul-Mulk, que será visir de Alp Arslán, conquistador del Cáucaso. Los tres amigos, entre burlas y veras, juran que si la fortuna, algún día, da en favorecer a uno de ellos, el agraciado no se olvidará de los otros. Al cabo de los años, Nizam logra la dignidad de visir: Umar no le pide otra cosa que un rincón a la sombra de su dicha para rezar por la prosperidad del amigo y para meditar en las matemáticas. (Hassán pide y obtiene un cargo elevado, y, finalmente, hace apuñalar al visir.) Umar recibe del tesoro de Nishapur una pensión anual de diez mil dinares y puede consagrarse al estudio. Descree de la astrología judiciaria, pero cultiva la astronomía, colabora en la reforma del calendario que promueve el sultán y compone un famoso tratado de álgebra, que da soluciones numéricas para las ecuaciones de primero y segundo grado, y geométricas, mediante intersección de cónicas, para las de tercero. Los arcanos del número y de los astros no agotan su atención; lee, en la soledad de su biblioteca, los textos de Plotinio, que en el vocabulario del Islam es el Platón Egipcio o el Maestro Griego, y las cincuenta y tantas epístolas de la herética y mística Enciclopedia de los Hermanos de la Pureza, donde se razona que el universo es una emanación de la Unidad, y regresará a la Unidad... Lo dicen prosélito de Alfarabi, que entendió que las formas universales no existen fuera de las cosas, y de Avicena, que enseñó que el mundo es eterno. Alguna crónica nos refiere que cree, o que juega a creer, en las transmigraciones del alma, de cuerpo humano a cuerpo bestial, y que una vez habló con un asno como Pitágoras habló con un perro. Es ateo, pero sabe interpretar de un modo ortodoxo los más arduos pasajes del Alcorán, porque todo hombre culto es un teólogo, y para serlo no es indispensable la fe. En los intervalos de la astronomía, del álgebra y de la apologética, Umar ben Ibrahim al-Khayyami labra composiciones de cuatro versos, de los cuales el primero, el segundo y el último riman entre sí; el manuscrito más copioso le atribuye quinientas de esas cuartetas, número exiguo que será desfavorable a su gloria, pues en Persia (como en la España de Lope y de Calderón) el poeta debe ser abundante. El año 517 de la Héjira, Umar está leyendo un tratado que se titula *El Uno y los Muchos;* un malestar o una premonición la interrumpe. Se levanta, marca la página que sus ojos no volverán a ver y se reconcilia con Dios, con aquel Dios que acaso existe y cuyo favor ha implorado en las páginas difíciles de su álgebra. Muere ese mismo día, a la hora de la puesta del sol. Por aquellos años, en una isla occidental y boreal que los cartógrafos del Islam desconocen, un rey sajón que ha derrotado a un rey de Noruega es derrotado por un duque normando.

Siete siglos transcurren, con sus luces y agonías y mutaciones, y en Inglaterra nace un hombre, Fitzgerald, menos intelectual que Umar, pero acaso más sensible y más triste. Fitzgerald sabe que su verdadero destino es la literatura y la ensaya con indolencia y tenacidad. Lee y relee el *Quijote,* que casi le parece el mejor de todos los libros (pero no quiere ser injusto con Shakespeare y con *dear old Virgil),* y su amor se extiende al diccionario en el que busca las palabras. Entiende que todo hombre en cuya alma se encierra alguna música puede versificar diez o doce veces en el curso natural de su vida, si le son propicios los astros, pero no se propone abusar de ese módico privilegio. Es amigo de personas ilustres (Tennyson, Carlyle, Dickens, Thackeray), a las que no se siente inferior, a despecho de su modestia y su cortesía. Ha publicado un diálogo decorosamente escrito, *Euphranor,* y mediocres versiones de Calderón y de los grandes trágicos griegos. Del estudio del español ha pasado al estudio del persa y ha iniciado una traducción del *Mantiq al-Tayr,* esa epopeya mística de los pájaros que buscan a su rey, el Simurg, y finalmente arriban a su palacio, que está detrás de siete mares, y descubren que ellos son el Simurg y que el Simurg es todos y cada uno. Hacia 1854 le prestan una colección manuscrita de las composiciones de Umar, hecha sin otra ley que el orden alfabético de las rimas; Fitzgerald vierte alguna al latín y entrevé la posibilidad de tejer con ellas un libro continuo y orgánico en cuyo principio estén las imágenes de la mañana, de la rosa y del ruiseñor, y al fin, las de la noche y la sepultura. A ese propósito improbable y aun inverosímil, Fitzgerald consagra su vida de hombre indolente, solitario y maniático. En 1859 publica una primera versión de las *Rubaiyat,* a la que siguen otras, ricas en variaciones y escrúpulos. Un milagro acontece: de la fortuita conjunción de un astrónomo persa que condescendió a la poesía, de un inglés excéntrico que recorre, tal vez sin entenderlos del todo, libros orientales e hispánicos, surge un extraordinario poeta, que no se parece a los dos. Swinburne escribe que Fitzgerald «ha dado a Omar Khayyán un sitio perpetuo entre los mayores poetas de Inglaterra», y Chesterton, sensible a lo romántico y a lo clásico de ese libro sin par, observa que a la vez hay en él «una melodía que se escapa y una inscripción que dura». Algunos críticos entienden que el *Omar* de Fitzgerald es, de hecho, un poema inglés con alusiones persas; Fitzgerald interpeló, afinó e inventó, pero sus *Rubaiyat* parecen exigir de nosotros que las leamos como persas y antiguas.

El caso invita a conjeturas de índole metafísica. Umar profesó (lo sabemos) la doctrina platónica y pitagórica del tránsito del alma por muchos cuerpos; al cabo de los siglos, la suya acaso reencarnó en Inglaterra para cumplir en un lejano idioma germánico veteado de latín el destino literario que en Nishapur reprimieron las matemáticas. Isaac Luria el León enseñó que el alma de un muerto puede entrar en un alma desventurada para sostenerla o instruirlo; quizá el alma de Umar se hospedó, hacia 1857, en la de Fitzgerald. En las *Rubaiyat* se lee que la historia universal es un espectáculo que Dios concibe, representa y contempla; esta especulación (cuyo nombre técnico es panteísmo) nos dejaría pensar que el inglés pudo recrear al persa, porque ambos eran, esencialmente, Dios o caras momentáneas de Dios. Más verosímil y no menos maravillosa que estas conjeturas de tipo sobrenatural es la suposición de un azar benéfico. Las nubes configuran, a veces, formas de montañas o leones; análogamente la tristeza de Edward Fitzgerald y un manuscrito de papel amarillo y de letras purpúreas, olvidado en un anaquel de la Bodleiana de Oxford, configuraron, para nuestro bien, el poema.

Toda colaboración es misteriosa. Esta del inglés y del persa lo fue más que ninguna, porque eran muy distintos los dos y acaso en vida no hubieran trabado amistad y la muerte y las vicisitudes y el tiempo sirvieron para que uno supiera del otro y fueran un solo poeta.

Sobre Oscar Wilde

Mencionar el nombre de Wilde es mencionar a un *dandy* que fuera también un poeta, es evocar la imagen de un caballero dedicado al pobre propósito de asombrar con corbatas y con metáforas. También es evocar la noción del arte como un juego selecto o secreto —a la manera del tapiz de Hugh Vereker y del tapiz de Stefan George— y del poeta como un laborioso *monstrorum artifex* (Plinio, XXVIII, 2). Es evocar el fatigado crepúsculo del siglo XIX y esa opresiva pompa de invernáculo o de baile de máscaras. Ninguna de estas evocaciones es falsa, pero todas corresponden, lo afirmo, a verdades parciales y contradicen o descuidan, hechos notorios.

Consideremos, por ejemplo, la noción de que Wilde fue una especie de simbolista. Un cúmulo de circunstancias la apoya: Wilde, hacia 1881, dirigió a los estetas y diez años después a los decadentes; Rebeca West pérfidamente lo acusa *(Henry James,* III) de imponer a la última de estas sectas «el sello de la clase media»; el vocabulario del poema *The Sphinx* es estudiosamente magnífico; Wilde fue amigo de Schwob y de Mallarmé. La refuta un hecho capital: en verso o en prosa, la sintaxis de Wilde es siempre simplísima. De los muchos escritores británicos, ninguno es tan accesible a los extranjeros. Lectores incapaces de descifrar un párrafo de Kipling o una estrofa de William Morris empiezan y concluyen la misma tarde *Lady Windermere's Fan*. La métrica de Wilde es espontánea o quiere parecer espontánea; su obra no encierra un solo verso experimental, como este duro y sabio alejandrino de Lionel Johnson: *Alone with Christ, desolate else, left by mankind*.

La insignificancia *técnica* de Wilde puede ser un argumento a favor de su grandeza intrínseca. Si la obra de Wilde correspondiera a la índole de su fama, la integrarían meros artificios del tipo de *Les Palais Nomades* o de *Los Crepúsculos del Jardín*. En la obra de Wilde esos artificios abundan —recordemos el undécimo capítulo de *Dorian Gray* o *The Harlot's House* o *Symphony in Yellow*— pero su índole adjetiva es notoria. Wilde puede prescindir de esos *purple patches* (retazos de púrpura); frase cuya invención le atribuyen Ricketts y Hesketh Pearson, pero que ya registra el exordio de la epístola a los Pisones. Esa atribución prueba el hábito de vincular al nombre de Wilde la noción de pasajes decorativos.

Leyendo y releyendo, a lo largo de los años, a Wilde, noto un hecho que sus panegiristas no parecen haber sospechado siquiera: el hecho comprobable y elemental de que Wilde, casi siempre, tiene razón. *The Soul of Man under Socialism* no sólo es elocuente; también es justo. Las notas misceláneas que prodigó en la *Pall Mall Gazette* y en el *Speaker* abundan en perspicuas observaciones que exceden las mejores posibilidades de Leslie Stephen o de Saintsbury. Wilde ha sido acusado de ejercer una suerte de arte combinatoria, a lo Raimundo Lulio; ello es aplicable, tal vez, a alguna de sus bromas («uno de esos rostros británicos que, vistos una vez, siempre se olvidan»), pero no al dictamen de que la música nos revela un pasado desconocido y acaso real *(The Critic as Artist)* o aquel de que todos los hombres matan la cosa que aman *(The Ballad of Reading Gaol)* o aquel otro de que arrepentirse de un acto es modificar el pasado *(De Profundis)* o a aquel[1], no indigno de León Bloy o

[1] Cf. la curiosa tesis de Leibniz, que tanto escándalo produjo

de Swedenborg, de que no hay hombre que no sea, en cada momento, lo que ha sido y lo que será *(ibidem)*. No transcribo estas líneas para veneración del lector; las alego como indicio de una mentalidad muy diversa de la que, en general, se atribuye a Wilde. Este, si no me engaño, fue mucho más que un Moréas irlandés; fue un hombre del siglo XVIII, que alguna vez condescendió a los juegos del simbolismo. Como Gibbon, como Johnson, como Voltaire fue un ingenioso que tenía razón además. Fue, «para de una vez decir palabras fatales, clásico en suma» [2]. Dio al siglo lo que el siglo exigía —*comédies larmoyantes* para los más y arabescos verbales para los menos— y ejecutó esas cosas disímiles con una suerte de negligente felicidad. Lo ha perjudicado la perfección; su obra es tan armoniosa que puede parecer inevitable y aun baladí. Nos cuesta imaginar el universo sin los epigramas de Wilde; esa dificultad no los hace menos plausibles.

Una observación lateral. El nombre de Oscar Wilde está vinculado a las ciudades de la llanura; su gloria, a la condena y la cárcel. Sin embargo (esto lo ha sentido muy bien Hesketh Pearson) el sabor fundamental de su obra es la felicidad. En cambio, la valerosa obra de Chesterton, prototipo de la sanidad física y moral, siempre está a punto de convertirse en una pesadilla. La acechan lo diabólico y el horror; puede asumir, en la página más inocua, las formas del espanto. Chesterton es un hombre que quiere recuperar la niñez; Wilde, un hombre que guarda, pese a los hábitos del mal y de la desdicha, una invulnerable inocencia.

Como Chesterton, como Lang, como Boswell, Wilde es de aquellos venturosos que pueden prescindir de la aprobación de la crítica y aun, a veces, de la aprobación del lector, pues el agrado que nos proporciona su trato es irresistible y constante.

en Arnauld: *La noción de cada individuo encierra* a priori *todos los hechos que a éste le ocurrirán*. Según ese fatalismo dialéctico, el hecho de que Alejandro el Grande moriría en Babilonia es una cualidad de ese rey, como la soberbia.

[2] La sentencia es de Reyes, que la aplica al hombre mejicano *(Reloj de Sol,* pág. 158).

Sobre Chesterton

Because He does not take away
The terror from the tree...

CHESTERTON: *A second childhood.*

Edgard Allan Poe escribió cuentos de puro horror fantástico o de pura *bizarrerie;* Edgard Allan Poe fue inventor del cuento policial. Ello no es menos indudable que el hecho de que no combinó los dos géneros. No impuso al caballero Auguste Dupin la tarea de fijar el antiguo crimen del Hombre de las Multitudes o de explicar el simulacro que fulminó, en la cámara negra y escarlata, al enmascarado príncipe Próspero. En cambio, Chesterton prodigó con pasión y felicidad esos *tours de force.* Cada una de las piezas de la Saga del Padre Brown presenta un misterio, propone explicaciones de tipo demoníaco o mágico y las reemplaza, al fin, con otras que son de este mundo. La maestría no agota la virtud de esas breves ficciones; en ellas creo percibir una cifra de la historia de Chesterton, un símbolo o espejo de Chesterton. La repetición de su esquema a través de los años y de los libros *(The man who knew too much, The poet and the lunatics, The paradoxes of Mr. Pond)* parece confirmar que se trata de una forma esencial, no de un artificio retórico. Estos apuntes quieren interpretar esa forma.

Antes, conviene reconsiderar unos hechos de excesiva notoriedad. Chesterton fue católico, Chesterton creyó en la Edad Media de los prerrafaelistas *(Of London, small and white, and clean)*, Chesterton pensó, como Whitman, que el mero hecho de ser es tan prodigioso que ninguna desventura debe eximirnos de una suerte de cómica gratitud. Tales creencias pueden ser justas, pero el interés que promueven es limitado; suponer que agotan a Chesterton es olvidar que un credo es el último término de una serie de procesos mentales y emocionales y que un hombre es toda la serie. En este país, los católicos exaltan a Chesterton, los librepensadores lo niegan. Como todo escritor que profesa un credo, Chesterton es juzgado por él, es reprobado o aclamado por él. Su caso es parecido al de Kipling, a quien siempre lo juzgan en función del Imperio Británico.

Poe y Baudelaire se propusieron, como el atormentado Urizen de Blake, la creación de un mundo de espanto; es natural que su obra sea pródiga de formas del horror. Chesterton, me parece, no hubiera tolerado la imputación de ser un tejedor de pesadillas, un *monstrorum artifex* (Plinio, XXVIII, 2), pero invenciblemente suele incurrir en atisbos atroces. Pregunta si acaso un hombre tiene tres ojos, o un pájaro tres alas; habla, contra los panteístas, de un muerto que descubre en el paraíso que los espíritus de los coros angélicos tienen sin fin su misma cara[1]; habla de una cárcel de espejos; habla de un laberinto sin centro; habla de un hombre devorado por autómatas de metal; habla de un árbol que devora a los pájaros y que en lugar de hojas da plumas; imagina *(The man*

[1] Amplificando un pensamiento de Attar («En todas partes sólo vemos Tu cara»), Jalal-uddin Rumi compuso unos versos que ha traducido Rückert *(Werke,* IV, 222), donde se dice que en los cielos, en el mar y en los sueños hay Uno Solo y donde se alaba a ese Unico por haber reducido a unidad los cuatro briosos animales que tiran del carro de los mundos: la tierra, el fuego, el aire y el agua.

who was Thursday, VI) que en los confines orientales del mundo acaso existe un árbol que ya es más, y menos, que un árbol, y en los occidentales, algo, una torre, cuya sola arquitectura es malvada. Define lo cercano por lo lejano, y aun por lo atroz; si habla de sus ojos, los llama con palabras de Ezequiel (I: 22) *un terrible cristal,* si de la noche, perfecciona un antiguo horror (Apocalipsis, 4: 6) y la llama *un monstruo hecho de ojos.* No menos ilustrativa es la narración *How I found the Superman:* Chesterton habla con los padres del Superhombre; interrogados sobre la hermosura del hijo, que no sale de un cuarto oscuro, éstos le recuerdan que el Superhombre crea su propio canon y debe ser medido por él («En ese plano es más bello que Apolo. Desde nuestro plano inferior, por supuesto...»); después admiten que no es fácil estrecharle la mano («Usted comprende; la estructura es muy otra»); después, son incapaces de precisar si tiene pelo o plumas. Una corriente de aire lo mata y unos hombres retiran un ataúd que no es de forma humana. Chesterton refiere en tono de burla esa fantasía teratológica.

Tales ejemplos, que sería fácil multiplicar, prueban que Chesterton se defendió de ser Edgar Allan Poe o Franz Kafka, pero que algo en el barro de su yo propendía a la pesadilla, algo secreto, y ciego y central. No en vano dedicó sus primeras obras a la justificación de dos grandes artífices góticos, Browning y Dickens; no en vano repitió que el mejor libro salido de Alemania era el de los cuentos de Grimm. Denigró a Ibsen y defendió (acaso indefendiblemente) a Rostand, pero los Trolls y el Fundidor de *Peer Gynt* eran de la madera de sus sueños, *the stuff his dreams were made of.* Esa discordia, esa precaria sujeción de una voluntad demoníaca, definen la naturaleza de Chesterton. Emblemas de esa guerra son para mí las aventuras del Padre Brown, cada una de las cuales quiere explicar, mediante la sola razón, un hecho inexplicable [2]. Por eso dije, en el párrafo inicial de esta nota, que esas ficciones eran cifras de la historia de Chesterton,

[2] No la explicación de lo inexplicable sino de lo confuso es la tarea que se imponen, por lo común, los novelistas policiales.

símbolos y espejos de Chesterton. Eso es todo, salvo que la «razón» a la que Chesterton supeditó sus imaginaciones no era precisamente la razón, sino la fe católica, o sea, un conjunto de imaginaciones hebreas supeditadas a Platón y a Aristóteles.

Recuerdo dos parábolas que se oponen. La primera consta en el primer tomo de las obras de Kafka. Es la historia del hombre que pide ser admitido a la ley. El guardián de la primera puerta le dice que adentro hay muchas otras [3] y que no hay sala que no esté custodiada por un guardián, cada uno más fuerte que el anterior. El hombre se sienta a esperar. Pasan los días y los años, y el hombre muere. En la agonía pregunta: «¿Será posible que en los años que espero nadie haya querido entrar sino yo?» El guardián le responde: «Nadie ha querido entrar porque a ti sólo estaba destinada esta puerta. Ahora voy a cerrarla.» (Kafka comenta esta parábola, complicándola aun más, en el noveno capítulo de *El proceso.*) La otra parábola está en el *Pilgrim's Progress,* de Bunyan. La gente mira codiciosa un castillo que custodian muchos guerreros; en la puerta hay un guardián con un libro para escribir el nombre de aquel que sea digno de entrar. Un hombre intrépido se allega a ese guardián y le dice: «Anote mi nombre, señor.» Luego saca la espada y se arroja sobre los guerreros y recibe y devuelve heridas sangrientas, hasta abrirse camino entre el fragor y entrar en el castillo.

Chesterton dedicó su vida a escribir la segunda de las parábolas, pero algo en él propendió siempre a escribir la primera.

[3] La noción de puertas detrás de puertas, que se interponen entre el pecador y la gloria, está en el Zohar. Véase Glatzer: *In Time and Eternity,* 30; también Martin Buber: *Tales of the Hasidim,* 92.

El primer Wells

Harris refiere que Oscar Wilde, interrogado acerca de Wells, respondió:

—Un Julio Verne científico.

El dictamen es de 1899; se adivina que Wilde pensó menos en definir a Wells, o en aniquilarlo, que en pasar a otro tema. H. G. Wells y Julio Verne son, ahora, nombres incompatibles. Todos lo sentimos así, pero el examen de las intrincadas razones en que nuestro sentimiento se funda puede no ser inútil.

La más notoria de esas razones es de orden técnico. Wells (antes de resignarse a especulador sociológico) fue un admirable narrador, un heredero de las brevedades de Swift y de Edgar Allan Poe; Verne, un jornalero laborioso y risueño. Verne escribió para adolescentes; Wells, para todas las edades del hombre. Hay otra diferencia, ya denunciada alguna vez por el propio Wells: las ficciones de Verne trafican en cosas probables (un buque submarino, un buque más extenso que los de 1872, el descubrimiento del Polo Sur, la fotografía parlante, la travesía de Africa en globo, los cráteres de un volcán apagado que dan al centro de la tierra); las de Wells en meras posibilidades (un hombre invisible, una flor que devora a un hombre, un huevo de cristal que refleja los acontecimientos de Marte), cuando no en cosas imposibles: un hombre que regresa del porvenir con una flor futura, un hombre que regresa de la otra vida con el corazón a la derecha, porque lo han invertido íntegramente, igual que en un espejo. He leído que Verne, escandalizado por las licencias que se permite *The first men in the moon,* dijo con indignación: *Il invente!*

Las razones que acabo de indicar me parecen válidas, pero no explican por qué Wells es infinitamente superior al autor de *Héctor Servadac,* así como también a Rosney, a Lytton, a Robert Paltock, a Cyrano o a cualquier otro precursor de sus métodos [1]. La mayor felicidad de sus argumentos no basta a resolver el problema. En libros no muy breves, el argumento no puede ser más que un pretexto, o un punto de partida. Es importante para la ejecución de la obra, no para los goces de la lectura. Ello puede observarse en *todos* los géneros; las mejores novelas policiales no son las de mejor argumento. (Si lo fueran todo los argumentos, no existiría el *Quijote* y Shaw valdría menos que O'Neill.) En mi opinión, la precedencia de las primeras novelas de Wells —*The Island of Dr. Moreau,* verbigracia, o *The Invisible Man*— se debe a una razón más profunda. No sólo es ingenioso lo que refieren; es también simbólico de procesos que de algún modo son inherentes a todos los destinos humanos. El acosado hombre invisible que tiene que dormir como con los ojos abiertos porque sus párpados no excluyen la luz es nuestra soledad y nuestro terror; el conventículo de monstruos sentados que gangosean en su noche un credo servil es el Vaticano y es Lhasa. La obra que perdura es siempre capaz de una infinita y plástica ambigüedad; es todo para todos, como el Apóstol; es un espejo que declara los rasgos del lector y es también un mapa del mundo. Ello debe ocurrir, además, de un modo evanes-

[1] Wells, en *The Outline of History* (1931), exalta la obra de otros dos precursores: Francis Bacon y Luciano de Samosata.

cente y modesto, casi a despecho del autor; éste debe aparecer ignorante de todo simbolismo. Con esa lúcida inocencia obró Wells en sus primeros ejercicios fantásticos, que son, a mi entender, lo más admirable que comprende su obra admirable.

Quienes dicen que el arte no debe propagar doctrinas, suelen referirse a doctrinas contrarias a las suyas. Desde luego, tal no es mi caso; agradezco y profeso casi todas las doctrinas de Wells, pero deploro que éste las intercalara en sus narraciones. Buen heredero de los nominalistas británicos, Wells reprueba nuestra costumbre de hablar de la tenacidad de «Inglaterra» o de las maquinaciones de «Prusia»; los argumentos contra esa mitología perjudicial me parecen irreprochables, no así la circunstancia de interpolarlos en la historia del sueño del señor Parham. Mientras un autor se limita a referir sucesos o a trazar los tenues desvíos de una conciencia, podemos suponerlo omnisciente, podemos confundirlo con el universo o con Dios; en cuanto se rebaja a razonar, lo sabemos falible. La realidad procede por hechos, no por razonamientos; a Dios le toleramos que afirme (Exodo, 3, 14) Soy El Que Soy, no que declare y analice, como Hegel o Anselmo, el *argumentum ontologicum*. Dios no debe teologizar; el escritor no debe invalidar con razones humanas la momentánea fe que exige de nosotros el arte. Hay otro motivo; el autor que muestra aversión a un personaje parece no acabar de entenderlo, parece confesar que éste no es inevitable para él. Desconfiamos de su inteligencia, como desconfiaríamos de la inteligencia de un Dios que mantuviera cielos e infiernos. Dios, ha escrito Spinoza (*Etica*, 5, 17), no aborrece a nadie y no quiere a nadie.

Como Quevedo, como Voltaire, como Goethe, como algún otro más, Wells es menos un literato que una literatura. Escribió libros gárrulos en los que de algún modo resurge la gigantesca felicidad de Charles Dickens, prodigó parábolas sociológicas, erigió enciclopedias, dilató las posibilidades de la novela, reescribió para nuestro tiempo el Libro de Job, *esa gran imitación hebrea del diálogo platónico,* redactó sin soberbia y sin humildad una autobiografía gratísima, combatió el comunismo, el nazismo y el cristianismo, polemizó (cortés y mortalmente) con Belloc, historió el pasado, historió el porvenir, registró vidas reales e imaginarias. De la vasta y diversa biblioteca que nos dejó, nada me gusta más que su narración de algunos milagros atroces: *The Time Machine, The Island of Dr. Moreau, The Plattner Story, The First Men in the Moon.* Son los primeros libros que yo leí; tal vez serán los últimos... Pienso que habrán de incorporarse, como la fórmula de Teseo o la de Ahasverus, a la memoria general de la especie y que se multiplicarán en su ámbito, más allá de los términos de la gloria de quien lo escribió, más allá de la muerte del idioma en que fueron escritos.

El *Biathanatos*

A De Quincey (con quien es tan vasta mi deuda que especificar una parte parece repudiar o callar las otras) debo mi primer noticia del *Biathanatos*. Este tratado fue compuesto a principios del siglo XVII por el gran poeta John Donne [1], que dejó el manuscrito a Sir Robert Carr, sin otra prohibición que la de darlo «a la prensa o al fuego». Donne murió en 1631; en 1642 estalló la guerra civil; en 1644, el hijo primogénito del poeta dio el viejo manuscrito a la prensa, «para defenderlo del fuego». El *Biathanatos* abarca unas doscientas páginas; De Quincey (*Writings*, VIII, 336) las compendia así: El suicidio es una de las formas del homicidio; los canonistas distinguen el homicidio voluntario del homicidio justificable; en buena lógica, también cabe aplicar al suicidio esa distinción. De igual manera que no todo homicida es un

[1] Que de veras fue un gran poeta pueden demostrarlo estos versos:

Licence my roving hands and let them go
Before, behind, between, above, below.
O my Americal my new-found-land...

(*Elegies*, XIX)

asesino, no todo suicida es culpable de pecado mortal. En efecto, tal es la tesis aparente del *Biathanatos;* la declara el subtítulo *(That Self-homicide is not so naturally Sin that it may never be otherwise)* y la ilustra, o la agobia, un docto catálogo de ejemplos fabulosos o auténticos, desde Homero [2], «que había escrito mil cosas que no pudo entender otro alguno y de quien dicen que se ahorcó por no haber entendido la adivinanza de los pescadores», hasta el pelícano, símbolo de amor paternal, y las abejas, que, según consta en el *Hexamerón* de Ambrosio, «se dan muerte cuando han contravenido a las leyes de su rey». Tres páginas ocupan el catálogo y en ellas he notado esta vanidad: la inclusión de ejemplos oscuros («Festo, favorito de Domiciano, que se mató para disimular los estragos de una enfermedad de la piel»), la omisión de otros de virtud persuasiva —Séneca, Temístocles, Catón—, que podrían parecer demasiado fáciles.

Epicteto («Recuerda lo esencial: la puerta está abierta») y Schopenhauer («¿Es el monólogo de Hamlet la meditación de un criminal?») han vindicado con acopio de páginas el suicidio; la previa certidumbre de que esos defensores tienen razón hace que los leamos con negligencia. Ello me aconteció con el *Biathanatos* hasta que percibí, o creí percibir, un argumento implícito o esotérico bajo el argumento notorio.

No sabremos nunca si Donne redactó el *Biathanatos* con el deliberado fin de insinuar ese oculto argumento o si una previsión de ese argumento, siquiera momentánea o crepuscular, lo llamó a la tarea. Más verosímil me parece lo último; la hipótesis de un libro que para decir A dice B, a la manera de un criptograma, es artificial, no así la de un trabajo impulsado por una intuición imperfecta. Hugh Fausset ha sugerido que Donne pensaba coronar con el suicidio su vindicación del suicidio; que Donne haya jugado con esa idea es posible o probable; que ella baste a explicar el *Biathanatos* es, naturalmente, ridículo.

Donne, en la tercera parte del *Biathanatos,* considera

[2] Cf. el epigrama sepulcral de Alceo de Mesena (*Antología Griega,* VII, 1).

las muertes voluntarias que las Escrituras refieren; a ninguna dedica tantas páginas como a la de Sansón. Empieza por establecer que ese «hombre ejemplar» es emblema de Cristo y que parece haber servido a los griegos como arquetipo de Hércules. Francisco de Vitoria y el jesuita Gregorio de Valencia no quisieron incluirlo entre los suicidas; Donne, para refutarlos copia las últimas palabras que dijo, antes de cumplir su venganza: *Muera yo con los filisteos* (Jueces, 16: 30). Asimismo rechaza la conjetura de San Agustín, que afirma que Sansón, rompiendo los pilares del templo, no fue culpable de las muertes ajenas ni de la propia, sino que obedeció a una inspiración del Espíritu Santo, «como la espada que dirige sus filos por disposición del que la usa» *(La Ciudad de Dios,* I, 20). Donne, tras de probar que esa conjetura es gratuita, cierra el capítulo con una sentencia de Benito Pererio, que dice que Sansón, no menos en su muerte que en otros actos, fue símbolo de Cristo.

Invirtiendo la tesis agustiniana, los quietistas creyeron que Sansón «por violencia del demonio se mató juntamente con los filisteos» *(Heterodoxos españoles,* V, I, 8); Milton *(Samson Agonistes, in fine)* lo vindicó de la atribución de suicidio; Donne, lo sospecho, no vio en ese problema casuístico sino una muerte de metáfora o simulacro. No le importaba el caso de Sansón —¿y por qué había de importarle?— o solamente le importaba, diremos, como «emblema de Cristo». En el Antiguo Testamento no hay héroe que no haya sido promovido a esa autoridad: para San Pablo, Adán es figura del que había de venir; para San Agustín, Abel representa la muerte del Salvador, y su hermano Seth la resurrección; para Quevedo, «prodigioso diseño fue Job de Cristo». Donne incurrió en esa analogía trivial para que su lector comprendiera: *Lo anterior, dicho de Sansón, bien puede ser falso; no lo es, dicho de Cristo.*

El capítulo que directamente habla de Cristo no es efusivo. Se limita a invocar dos lugares de la Escritura: la frase «doy mi vida por las ovejas» (Juan, 10:15) y la curiosa locución «dio el espíritu», que usan los cuatro evangelistas para decir «murió». De esos lugares, que confirma el versículo «Nadie me quita la vida, yo la doy» (Juan, 10: 18), infiere que el suplicio de la cruz no mató a Jesucristo y que éste, en verdad, se dio muerte con una prodigiosa y voluntaria emisión de su alma. Donne escribió esa conjetura en 1608: en 1631 la incluyó en un sermón que predicó, casi agonizante, en la capilla del palacio de Whitehall.

El declarado fin del *Biathanatos* es paliar el suicidio; el fundamental, indicar que Cristo se suicidó [3]. Que, para manifestar esta tesis, Donne se viera reducido a un versículo de San Juan y a la repetición del verbo *expirar* es cosa inverosímil y aun increíble; sin duda prefirió no insistir sobre un tema blasfematorio. Para el cristiano, la vida y la muerte de Cristo son el acontecimiento central de la historia del mundo; los siglos anteriores lo prepararon, los subsiguientes lo reflejan. Antes que Adán fuera formado del polvo de la tierra, antes que el firmamento separara las aguas de las aguas, el Padre ya sabía que el Hijo había de morir en la cruz y, para teatro de esa muerte futura, creó la tierra y los cielos. Cristo murió de muerte voluntaria, sugiere Donne, y ello quiere decir que los elementos y el orbe y las generaciones de los hombres y Egipto y Roma y Babilonia y Judá fueron sacados de la nada para destruirlo. Quizá el hierro fue creado para los clavos y las espinas para la corona de escarnio y la sangre y el agua para la herida. Esa idea barroca se entrevé detrás del *Biathanatos*. La de un dios que fabrica el universo para fabricar su patíbulo.

Al releer esta nota, pienso en aquel trágido Philipp Batz, que se llama en la historia de la filosofía Philipp Mainländer. Fue, como yo, lector apasionado de Schopenhauer. Bajo su influjo (y quizá bajo el de los gnósticos) imaginó que somos fragmentos de un Dios, que en el principio de los tiempos se destruyó, ávido de no ser. La historia universal es la oscura agonía de esos fragmentos, Mainländer nació en 1841; en 1876 publicó su libro, *Filosofía de la redención*. Ese mismo año se dio muerte.

[3] Cf. De Quincey: *Writings*, VIII, 398; Kant: *Religion innehalb der Grenzen der Vernunft*, II, 2.

Pascal

Mis amigos me dicen que los pensamientos de Pascal les sirven para pensar. Ciertamente, no hay nada en el universo que no sirva de estímulo al pensamiento; en cuanto a mí, jamás he visto en esas memorables fracciones una contribución a los problemas, ilusorios o verdaderos, que encaran. Las he visto más bien como predicados del sujeto Pascal, como rasgos o epítetos de Pascal. Así como la definición *quintessence of dust* no nos ayuda a comprender a los hombres, sino al príncipe Hamlet, la definición *roseau pensant* no nos ayuda a comprender a los hombres, pero sí a un hombre, Pascal.

Valéry, creo, acusa a Pascal de una dramatización voluntaria; el hecho es que su libro no proyecta la imagen de una doctrina o de un procedimiento dialéctico, sino de un poeta perdido en el tiempo y en el espacio. En el tiempo, porque si el futuro y el pasado son infinitos, no habrá realmente un cuándo; en el espacio, porque si todo ser equidista de lo infinito y de lo infinitesimal, tampoco habrá un dónde. Pascal menciona con desdén «la opinión de Copérnico», pero su obra refleja para nosotros el vértigo de un teólogo, desterrado del orbe del Almagesto y extraviado en el universo copernicano de Kepler y de Bruno. El mundo de Pascal es el de Lucrecio (y también el de Spencer), pero la infinitud que embriagó al romano acobarda al francés. Bien es verdad que éste busca a Dios y que aquél se propone libertarnos del temor de los dioses.

Pascal, nos dicen, halló a Dios, pero su manifestación de esa dicha es menos elocuente que su manifestación de la soledad. Fue incomparable en ésta; básteme recordar, aquí, el famoso fragmento 207 de la edición de Brunschvieg *(Combien de royaumes nous ignorent!)* y aquel otro, inmediato, en que habla de «la infinita inmensidad de espacios que ignoro *y que me ignoran*». En el primero, la vasta palabra *royaumes* y el desdeñoso verbo final impresionan físicamente; alguna vez pensé que esa exclamación era de origen bíblico. Recorrí, lo recuerdo, las Escrituras; no di con el lugar que buscaba, y que tal vez no existe, pero sí con su perfecto reverso, con las palabras temblorosas de un hombre que se sabe desnudo hasta la entraña bajo la vigilancia de Dios. Dice el Apóstol (I Corintios, XIII: 12): «Vemos ahora por espejo, en oscuridad; después veremos cara a cara: ahora conozco en parte; pero después conoceré *como ahora soy conocido.*»

No menos ejemplar es el caso del fragmento 72. En el segundo párrafo, Pascal afirma que la naturaleza (el espacio) es «una esfera infinita cuyo centro está en todas partes y la circunferencia en ninguna». Pascal pudo encontrar esa esfera en Rabelais (III, 13), que la atribuye a Hermes Trismegisto, o en el simbólico *Roman de la Rose,* que la da como de Platón. Ello no importa; lo significativo es que la metáfora que usa Pascal para definir el espacio es empleada por quienes lo precedieron (y por Sir Thomas Browne en *Religio Medici)* para definir la divinidad [1]. No la grandeza del Creador, sino la grandeza de la Creación afecta a Pascal.

[1] Que yo recuerde, la historia no registra dioses cónicos, cúbicos o piramidales, aunque sí ídolos. En cambio, la forma de la esfera es perfecta y conviene a la divinidad (Cicerón: *De natura deorum,* II, 17). Esférico fue Dios para Jenófanes y

Este, declarando en palabras incorruptibles el desorden y la miseria *(on mourra seul)*, es uno de los hombres más patéticos de la historia de Europa; aplicando a las artes apologéticas el cálculo de probabilidades, uno de los más vanos y frívolos. No es un místico; pertenece a aquellos cristianos denunciados por Swedenborg, que suponen que el cielo es un galardón y el infierno un castigo y que, habituados a la meditación melancólica, no saben hablar con los ángeles [2]. Menos le importa Dios que la refutación de quienes lo niegan.

Esta edición [3] quiere reproducir, mediante un complejo sistema de signos tipográficos, el aspecto «inacabado, hirsuto y confuso» del manuscrito; es evidente que ha logrado ese fin. Las notas, en cambio, son pobres. Así, en la página 71 del primer tomo, se publica un fragmento que desarrolla en siete renglones la conocida prueba cosmológica de Santo Tomás y de Leibniz; el editor no la reconoce y observa: «Tal vez Pascal hace hablar aquí a un incrédulo.»

Al pie de algunos textos, el editor cita pasajes congéneres de Montaigne o de la Sagrada Escritura; ese trabajo podría ampliarse. Para ilustración del *Pari*, cabría citar los textos de Arnobio, de Sirmond y de Algazel que indicó Asín Palacios *(Huellas del Islam*, Madrid, 1941); para ilustración del fragmento contra la pintura, aquel pasaje del décimo libro de *La República*, donde se nos dice que Dios crea el Arquetipo de la mesa, el carpintero, un simulacro del Arquetipo, y el pintor, un simulacro

para el poeta Parménides. En opinión de algunos historiadores, Empédocles (fragmento 28) y Meliso lo concibieron como esfera infinita. Orígenes entendió que los muertos resucitarán en forma de esferas; Fechner *(Vergleichende Anatomie der Engel)* atribuyó esa forma, que es la del órgano visual, a los ángeles.

Antes que Pascal, el insigne panteísta Giordano Bruno *(De la causa*, V) aplicó al universo material la sentencia de Trimegisto.

[2] *De coelo et inferno*, 535. Para Swedenborg, como para Boehme *(Sex puncta theosophica*, 9, 34), el cielo y el infierno son estados que con libertad busca el hombre, no un establecimiento penal y un establecimiento piadoso. Cf. también Bernard Shaw: *Man and Superman*, III.

[3] La de Zacharie Tourneur (París, 1942).

del simulacro; para ilustración del fragmento 72 (*Je lui veux peindre l'immensité... dans l'enceinte de ce raccourci d'atome...*), su prefiguración en el concepto del microcosmo, su reaparición en Leibniz (*Monadología*, 67), y en Hugo (*La chauve-souris*):

Le moindre grain de sable est un globe qui roule
Traînant comme la terre une lugubre foule
Qui s'abhorre et s'acharne...

Demócrito pensó que en el infinito se dan mundos iguales, en los que hombres iguales cumplen sin una variación destinos iguales; Pascal (en quien también pudieron influir las antiguas palabras de Anaxágoras de que todo está en cada cosa) incluyó a esos mundos parejos unos adentro de otros, de suerte que no hay átomo en el espacio que no encierre universos ni universo que no sea también un átomo. Es lógico pensar (aunque no lo dijo) que se vio multiplicado en ellos sin fin.

El idioma analítico de John Wilkins

He comprobado que la decimocuarta edición de la *Encyclopaedia Britannica* suprime el artículo sobre John Wilkins. Esa omisión es justa, si recordamos la trivialidad del artículo (veinte renglones de meras circunstancias biográficas: Wilkins nació en 1614, Wilkins murió en 1672, Wilkins fue capellán de Carlos Luis, príncipe palatino; Wilkins fue nombrado rector de uno de los colegios de Oxford, Wilkins fue el primer secretario de la Real Sociedad de Londres, etc.); es culpable, si consideramos la obra especulativa de Wilkins. Este abundó en felices curiosidades: le interesaron la teología, la criptografía, la música, la fabricación de colmenas transparentes, el curso de un planeta invisible, la posibilidad de un viaje a la luna, la posibilidad y los principios de un lenguaje mundial. A este último problema dedicó el libro *An Essay towards a Real Character and a Philosophical Language* (600 páginas en cuarto mayor, 1668). No hay ejemplares de ese libro en nuestra Biblioteca Nacional; he interrogado, para redactar esta nota, *The life and times of John Wilkins* (1910), de P. A. Wright

Henderson; el *Woerterbuch der Philosophie* (1924), de Fritz Mauthner; *Delphos* (1935), de E. Sylvia Pankhurst; *Dangerous Thoughts* (1939), de Lancelot Hogben.

Todos, alguna vez, hemos padecido esos debates inapelables en que una dama, con acopio de interjecciones y de anacolutos, jura que la palabra *luna* es más (o menos) expresiva que la palabra *moon*. Fuera de la evidente observación de que el monosílabo *moon* es tal vez más apto para representar un objeto muy simple que la palabra bisilábica *luna,* nada es posible contribuir a tales debates; descontadas las palabras compuestas y las derivaciones, todos los idiomas del mundo (sin excluir el *volapük* de Johann Martin Schleyer y la románica *interlingua* de Peano) son igualmente inexpresivos. No hay edición de la Gramática de la Real Academia que no pondere «el envidiado tesoro de voces pintorescas, felices y expresivas de la riquísima lengua española», pero se trata de una mera jactancia, sin corroboración. Por lo pronto, esa misma Real Academia elabora cada tantos años un diccionario, que define las voces del español... En el idioma universal que ideó Wilkins al promediar el siglo XVII, cada palabra se define a sí misma. Descartes, en una epístola fechada en noviembre de 1629, ya había anotado que mediante el sistema decimal de numeración, podemos aprender en un solo día a nombrar todas las cantidades hasta el infinito y a escribirlas en un idioma nuevo que es el de los guarismos [1]; también había propuesto la formación de un idioma análogo, general, que organizara y abarcara todos los pensamientos humanos. John Wilkins, hacia 1664, acometió esa empresa.

Dividió el universo en cuarenta categorías o géneros, subdivisibles luego en diferencias, subdivisibles a su vez en especies. Asignó a cada género un monosílabo de dos

[1] Teóricamente, el número de sistemas de numeración es ilimitado. El más complejo (para uso de las divinidades y de los ángeles) registraría un número infinito de símbolos, uno para cada número entero; el más simple sólo requiere dos. Cero se escribe 0, uno 1, dos 10, tres 11, cuatro 100, cinco 101, seis 110, siete 111, ocho 1000... Es invención de Leibniz, a quien estimularon (parece) los hexagramas enigmáticos del I King.

letras; a cada diferencia, una consonante; a cada especie, una vocal. Por ejemplo: *de,* quiere decir elemento; *deb,* el primero de los elementos, el fuego; *deba,* una porción del elemento del fuego, una llama. En el idioma análogo de Letellier (1850), *a,* quiere decir animal; *ab,* mamífero; *abo,* carnívoro, *aboj,* felino; *aboje,* gato; *abi,* herbívoro; *abiv,* equino, etc. En el de Bonifacio Sotos Ochando (1845), *imaba,* quiere decir edificio; *imaca,* serrallo; *imafe,* hospital; *imafo,* lazareto; *imari,* casa; *imaru,* quinta; *imedo,* poste; *imede,* pilar; *imego,* suelo; *imela,* techo; *imogo,* ventana; *bire,* encuadernador; *birer,* encuadernar. (Debo este último censo a un libro impreso en Buenos Aires en 1886: el *Curso de lengua universal,* del doctor Pedro Mata.)

Las palabras del idioma analítico de John Wilkins no son torpes símbolos arbitrarios; cada una de las letras que las integran es significativa, como lo fueron las de la sagrada Escritura para los cabalistas. Mauthner observa que los niños podrían aprender ese idioma sin saber que es artificioso; después, en el colegio, descubrirían que es también una clave universal y una enciclopedia secreta.

Ya definido el procedimiento de Wilkins, falta examinar un problema de imposible o difícil postergación: el valor de la tabla cuadragesimal que es base del idioma. Consideremos la octava categoría, la de las piedras. Wilkins las divide en comunes (pedernal, cascajo, pizarra), módicas (mármol, ámbar, coral), preciosas (perla, ópalo), transparentes (amatista, zafiro) e insolubles (hulla, freda y arsénico). Casi tan alarmante como la octava, es la novena categoría. Esta nos revela que los metales pueden ser imperfectos (bermellón, azogue), artificiales (bronce, latón), recrementicios (limaduras, herrumbre) y naturales (oro, estaño, cobre). La belleza figura en la categoría decimosexta; es un pez vivíparo, oblongo. Esas ambigüedades, redundancias y deficiencias recuerdan las que el doctor Franz Kuhn atribuye a cierta enciclopedia china que se titula *Emporio celestial de conocimientos benévolos.* En sus remotas páginas está escrito que los animales se diven en *a)* pertenecientes al Emperador, *b)* embalsamados, *c)* amaestrados, *d)* lechones, *e)* sirenas, *f)* fabulosos, *g)* perros sueltos, *h)* incluidos en esta clasificación, *i)* que se agitan como locos, *j)* innumerables, *k)* dibujados con un pincel finísimo de pelo de camello, *l)* etcétera, *m)* que acaban de romper el jarrón, *n)* que de lejos parecen moscas. El Instituto Bibliográfico de Bruselas también ejerce el caos: ha parcelado el universo en 1.000 subdivisiones, de las cuales la 262 corresponde al Papa; la 282, a la Iglesia Católica Romana; la 263, al Día del Señor; la 268, a las escuelas dominicales; la 298, al mormonismo, y la 294, al brahmanismo, budismo, shintoísmo y taoísmo. No rehúsa las subdivisiones heterogéneas, verbigracia, la 179: «Crueldad con los animales. Protección de los animales. El duelo y el suicidio desde el punto de vista de la moral. Vicios y defectos varios. Virtudes y cualidades varias.»

He registrado las arbitrariedades de Wilkins, del desconocido (o apócrifo) enciclopedista chino y del Instituto Bibliográfico de Bruselas; notoriamente no hay clasificación del universo que no sea arbitraria y conjetural. La razón es muy simple: no sabemos qué cosa es el universo. «El mundo —escribe David Hume— es tal vez el bosquejo rudimentario de algún dios infantil, que lo abandonó a medio hacer, avergonzado de su ejecución deficiente; es obra de un dios subalterno, de quien los dioses superiores se burlan; es la confusa producción de una divinidad decrépita y jubilada, que ya se ha muerto» (*Dialogues concerning natural religion*, V, 1779). Cabe ir más lejos; cabe sospechar que no hay universo en el sentido orgánico, unificador, que tiene esa ambiciosa palabra. Si lo hay, falta conjeturar su propósito; falta conjeturar las palabras, las definiciones, las etimologías, las sinonimias, del secreto diccionario de Dios.

La imposibilidad de penetrar el esquema divino del universo no puede, sin embargo, disuadirnos de planear esquemas humanos, aunque nos conste que éstos son provisorios. El idioma analítico de Wilkins no es el menos admirable de esos esquemas. Los géneros y especies que lo componen son contradictorios y vagos; el artificio de que las letras de las palabras indiquen subdivisiones y divisiones es, sin duda, ingenioso. La palabra *salmón* no nos dice nada; *zana,* la voz correspondiente, define (para el hombre versado en las cuarenta categorías y en los géneros de esas categorías) un pez escamoso, fluvial, de carne rojiza. (Teóricamente, no es inconcebible un idioma donde el nombre de cada ser indicara todos los pormenores de su destino, pasado y venidero.)

Esperanzas y utopías aparte, acaso lo más lúcido que sobre el lenguaje se ha escrito son estas palabras de Chesterton: «El hombre sabe que hay en el alma tintes más desconcertantes, más innumerables y más anónimos que los colores de una selva otoñal... Cree, sin embargo, que esos tintes, en todas sus fusiones y conversiones, son representables con precisión por un mecanismo arbitrario de gruñidos y de chillidos. Cree que del interior de un bolsista salen realmente ruidos que significan todos los misterios de la memoria y todas las agonías del anhelo» (*G. F. Watts,* p. 88, 1904).

Yo premedité alguna vez un examen de los precursores de Kafka. A éste, al principio, lo pensé tan singular como el fénix de las alabanzas retóricas; a poco de frecuentarlo, creí reconocer su voz, o sus hábitos, en textos de diversas literaturas y de diversas épocas. Registraré unos pocos aquí, en orden cronológico.

El primero es la paradoja de Zenón contra el movimiento. Un móvil que está en A (declara Aristóteles) no podrá alcanzar el punto B, porque antes deberá recorrer la mitad del camino entre los dos, y antes, la mitad de la mitad, y antes, la mitad de la mitad de la mitad, y así hasta lo infinito; la forma de este ilustre problema es, exactamente, la de *El Castillo,* y el móvil y la flecha y Aquiles son los primeros personajes kafkianos de la literatura. En el segundo texto que el azar de los libros me deparó, la afinidad no está en la forma, sino en el tono. Se trata de un apólogo de Han Yu, prosista del siglo IX, y consta en la admirable *Anthologie raisonée de la littérature chinoise* (1948) de Margouliès. Este es el párrafo que marqué, misterioso y tranquilo: «Universalmente se admite que el unicornio es un ser sobrenatural y de buen agüero; así lo declaran las odas, los anales, las biografías de varones ilustres y otros textos cuya autoridad es indiscutible. Hasta los párvulos y las mujeres del pueblo saben que el unicornio constituye un presagio favorable. Pero este animal no figura entre los animales domésticos, no siempre es fácil encontrarlo, no se presta a una clasificación. No es como el caballo o el toro, el lobo o el ciervo. En tales condiciones, podríamos estar frente al unicornio y no sabríamos con seguridad que lo es. Sabemos que tal animal con crin es caballo y que tal animal con cuernos es toro. No sabemos cómo es el unicornio»[1].

El tercer texto procede de una fuente más previsible; los escritos de Kierkegaard. La afinidad mental de ambos escritores es cosa de nadie ignorada; lo que no se ha destacado aún, que yo sepa, es el hecho de que Kierkegaard, como Kafka, abundó en parábolas religiosas de tema contemporáneo y burgués. Lowrie, en su *Kierkegaard* (Oxford University Press, 1938), transcribe dos. Una es la historia de un falsificador que revisa, vigilado incesantemente, los billetes del Banco de Inglaterra; Dios, de igual modo, desconfiaría de Kierkegaard y le habría encomendado una misión, justamente por saberlo avezado al mal. El sujeto de otra son las expediciones al Polo Norte. Los párrocos daneses habrían declarado desde los púlpitos que participar en tales expediciones conviene a la salud eterna del alma. Habrían admitido, sin embargo, que llegar al Polo es difícil y tal vez imposible y que no todos pueden acometer la aventura. Finalmente, anunciarían que cualquier viaje —de Dinamarca a Londres, digamos, en el vapor de la carrera—, o un paseo dominical en coche de plaza, son, bien mirados, verdaderas expediciones al Polo Norte. La cuarta de las prefiguraciones que hallé es el poema *Fears and scruples* de Browning, publicado en 1876. Un hombre tiene, o cree tener, un amigo famoso. Nunca lo ha visto y el hecho

[1] El desconocimiento del animal sagrado y su muerte oprobiosa o casual a manos del vulgo son temas tradicionales de la literatura china. Véase el último capítulo de *Psychologie und Alchemie* (Zürich, 1944), de Jung, que encierra dos curiosas ilustraciones.

es que éste no ha podido, hasta el día de hoy, ayudarlo, pero se cuentan rasgos suyos muy nobles, y circulan cartas auténticas. Hay quien pone en duda los rasgos, y los grafólogos afirman la apocrifidad de las cartas. El hombre, en el último verso, pregunta: «¿Y si este amigo fuera... Dios?»

Mis notas registran asimismo dos cuentos. Uno pertenece a las *Histoires désobligeantes* de León Bloy y refiere el caso de unas personas que abundan en globos terráqueos, en atlas, en guías de ferrocarril y en baúles, y que mueren sin haber logrado salir de su pueblo natal. El otro se titula *Carcassonne* y es obra de Lord Dunsay. Un invencible ejército de guerreros parte de un castillo infinito, sojuzga reinos y ve monstruos y fatiga los desiertos y las montañas, pero nunca llegan a Carcasona, aunque alguna vez la divisan. (Este cuento es, como fácilmente se advertirá, el estricto reverso del anterior; en el primero, nunca se sale de una ciudad; en el último, no se llega.)

Si no me equivoco, las heterogéneas piezas que he enumerado se parecen a Kafka; si no me equivoco, no todas se parecen entre sí. Este último hecho es el más significativo. En cada uno de esos textos está la idiosincrasia de Kafka, en grado mayor o menor, pero si Kafka no hubiera escrito, no la percibiríamos; vale decir, no existiría. El poema *Fears and scruples* de Robert Browning profetiza la obra de Kafka, pero nuestra lectura de Kafka afina y desvía sensiblemente nuestra lectura del poema. Browning no lo leía como ahora nosotros lo leemos. En el vocabulario crítico, la palabra *precursor* es indispensable, pero habría que tratar de purificarla de toda connotación de polémica o de rivalidad. El hecho es que cada escritor *crea* a sus precursores. Su labor modifica nuestra concepción del pasado, como ha de modificar el futuro [2]. En esta correlación nada importa la identidad o la pluralidad de los hombres. El primer Kafka de *Betrachtung* es menos precursor del Kafka de los mitos sombríos y de las instituciones atroces que Browning o Lord Dunsany.

Buenos Aires, 1951.

[2] Véase T. S. Eliot: *Points of view* (1941), págs. 25-26.

Del culto de los libros

En el octavo libro de la *Odisea* se lee que los dioses tejen desdichas para que a las futuras generaciones no les falte algo que cantar; la declaración de Mallarmé: *El mundo existe para llegar a un libro,* parece repetir, unos treinta siglos después, el mismo concepto de una justificación estética de los males. Las dos teologías, sin embargo, no coinciden íntegramente; la del griego corresponde a la época de la palabra oral, y la del francés, a una época de la palabra escrita. En una se habla de cantar y en otra de libros. Un libro, cualquier libro, es para nosotros un objeto sagrado; ya Cervantes, que tal vez no escuchaba todo lo que decía la gente, leía hasta «los papeles rotos de las calles». El fuego, en una de las comedias de Bernard Shaw, amenaza la biblioteca de Alejandría; alguien exclama que arderá la memoria de la humanidad, y César le dice: *Déjala arder. Es una memoria de infamias.* El César histórico, en mi opinión, aprobaría o condenaría el dictamen que el autor le atribuye, pero no lo juzgaría, como nosotros, una broma sacrílega. La razón es clara: para los antiguos la palabra escrita no era otra cosa que un sucedáneo de la palabra oral.

Es fama que Pitágoras no escribió; Gomperz (*Griechische Denker,* I, 3) defiende que obró así por tener más fe en la virtud de la instrucción hablada. De mayor fuerza que la mera abstención de Pitágoras es el testimonio inequívoco de Platón. Este, en el *Timeo,* afirmó: «Es dura tarea descubrir al hacedor y padre de este universo, y, una vez descubierto, es imposible declararlo a todos los hombres», y en el *Fedro* narró una fábula egipcia contra la escritura (cuyo hábito hace que la gente descuide el ejercicio de la memoria y dependa de símbolos), y dijo que los libros son como las figuras pintadas, «que parecen vivas, pero no contestan una palabra a las preguntas que les hacen». Para atenuar o eliminar este inconveniente imaginó el diálogo filosófico. El maestro elige al discípulo, pero el libro no elige a sus lectores, que pueden ser malvados o estúpidos; este recelo platónico perdura en las palabras de Clemente de Alejandría, hombre de cultura pagana: «Lo más prudente es no escribir sino aprender y enseñar de viva voz, porque lo escrito queda» (*Stromateis*), y en éstas del mismo tratado: «Escribir en un libro todas las cosas es dejar una espada en manos de un niño», que derivan también de las evangélicas: «No deis lo santo a los perros ni echéis vuestras perlas delante de los puercos, porque no las huellen con los pies, y vuelvan y os despedacen.» Esta sentencia es de Jesús, el mayor de los maestros orales, que una sola vez escribió unas palabras en la tierra y no las leyó ningún hombre (Juan, 8: 6).

Clemente Alejandrino escribió su recelo de la escritura a fines del siglo II; a fines del siglo IV se inició el proceso mental que, a la vuelta de muchas generaciones, culminaría en el predominio de la palabra escrita sobre la hablada, de la pluma sobre la voz. Un admirable azar ha querido que un escritor fijara el instante (apenas exagero al llamado instante) en que tuvo principio el vasto proceso. Cuenta San Agustín, en el libro seis de las *Confesiones:* «Cuando Ambrosio leía, pasaba la vista sobre las páginas penetrando su alma, en el sentido, sin proferir una palabra ni mover la lengua. Muchas veces —pues a nadie se le prohibía entrar, ni había costumbre de avisarle quién venía—, lo vimos leer calladamente y nunca de otro modo, y al cabo de un tiempo nos íbamos, conjeturando que aquel breve intervalo que se le concedía para reparar su espíritu, libre del tumulto de los negocios ajenos, no quería que se lo ocupasen en otra cosa, tal vez receloso de que un oyente, atento a las dificultades del texto, le pidiera la explicación de un pasaje oscuro o quisiera discutirlo con él, con lo que no pudiera leer tantos volúmenes como deseaba. Yo entiendo que leía de ese modo por conservar la voz, que se le tomaba con facilidad. En todo caso, cualquiera que fuese el propósito de tal hombre, ciertamente era bueno.» San Agustín fue discípulo de San Ambrosio, obispo de Milán, hacia el año 384; trece años después, en Numidia, redactó sus *Confesiones* y aún lo inquietaba aquel singular espectáculo: un hombre en una habitación, con un libro, leyendo sin articular las palabras [1].

Aquel hombre pasaba directamente del signo de escritura a la intuición, omitiendo el signo sonoro; el extraño arte que iniciaba, el arte de leer en voz baja, conduciría a consecuencias maravillosas. Conduciría, cumplidos muchos años, al concepto del libro como fin, no como instrumento de un fin. (Este concepto místico, trasladado a la literatura profana, daría los singulares destinos de Flaubert y de Mallarmé, de Henry James y de James Joyce.) A la noción de un Dios que habla con los hombres para ordenarles algo o prohibirles algo, se superpone la del Libro Absoluto, la de una Escritura Sagrada. Para los musulmanes, el «Alcorán» (también llamado El Libro, *Al Kitab*) no es una mera obra de Dios, como las almas de los hombres o el universo; es uno de los atri-

[1] Los comentadores advierten que, en aquel tiempo, era costumbre leer en voz alta, para penetrar mejor el sentido, porque no había signos de puntuación, ni siquiera división de palabras, y leer en común, para moderar o salvar los inconvenientes de la escasez de códices. El diálogo de Luciano de Samosata, *Contra un ignorante comprador de libros,* encierra un testimonio de esa costumbre en el siglo II.

butos de Dios como Su eternidad o Su ira. En el capítulo XII, leemos que el texto original, *La Madre del Libro,* está depositado en el Cielo. Muhammad-al-Ghazali, el Algazel de los escolásticos, declaró: «el *Alcorán* se copia en un libro, se pronuncia con la lengua, se recuerda en el corazón y, sin embargo, sigue perdurando en el centro de Dios y no lo altera su pasaje por las hojas escritas y por los entendimientos humanos». George Sale observa que ese increado Alcorán no es otra cosa que su idea o arquetipo platónico; es verosímil que Algazel recurriera a los arquetipos, comunicados al Islam por la Enciclopedia de los Hermanos de la Pureza y por Avicena, para justificar la noción de la Madre del Libro.

Aun más extravagantes que los musulmanes fueron los judíos. En el primer capítulo de su Biblia se halla la sentencia famosa: «Y Dios dijo: sea la luz, y fue la luz»; los cabalistas razonaron que la virtud de esa orden del Señor procedió de las letras de las palabras. El tratado *Sefer Yetsirah* (Libro de la Formación), redactado en Siria o en Palestina hacia el siglo VI, revela que Jehová de los Ejércitos, Dios de Israel y Dios Todopoderoso, creó el universo mediante los números cardinales que van del uno al diez y las veintidós letras del alfabeto. Que los números sean instrumentos o elementos de la Creación es dogma de Pitágoras y de Jámblico; que las letras lo sean es claro indicio del nuevo culto de la escritura. El segundo párrafo del segundo capítulo reza: «Veintidós letras fundamentales: Dios las dibujó, las grabó, las combinó, las pesó, las permutó, y con ellas produjo todo lo que es y todo lo que será.» Luego se revela qué letra tiene poder sobre el aire, y cuál sobre el agua, y cuál sobre el fuego, y cuál sobre la sabiduría, y cuál sobre la paz, y cuál sobre la gracia, y cuál sobre el sueño, y cuál sobre la cólera, y cómo (por ejemplo) la letra *kaf,* que tiene poder sobre la vida, sirvió para formar el sol en el mundo, el miércoles en el año y la oreja iquierda en el cuerpo.

Más lejos fueron los cristianos. El pensamiento de que la divinidad había escrito un libro los movió a imaginar que había escrito dos y que el otro era el universo.

A principios del siglo XVII, Francis Bacon declaró en su *Advancement of Learning* que Dios nos ofrecía dos libros, para que no incidiéramos en error: el primero, el volumen de las Escrituras, que revela Su voluntad; el segundo, el volumen de las criaturas, que revela Su poderío y que éste era la llave de aquél. Bacon se proponía mucho más que hacer una metáfora; opinaba que el mundo era reducible a formas esenciales (temperaturas, densidades, pesos, colores), que integraban, en número limitado, un *abecedarium naturae* o serie de las letras con que se escribe el texto universal [2]. Sir Thomas Browne, hacia 1642, confirmó: «Dos son los libros en que suelo aprender teología: La Sagrada Escritura y aquel universal y público manuscrito que está patente a todos los ojos. Quienes nunca Lo vieron en el primero, Lo descubrieron en el otro» *(Religio Medici,* I, 16). En el mismo párrafo se lee: «Todas las cosas son artificiales, porque la Naturaleza es el Arte de Dios.» Doscientos años transcurrieron y el escocés Carlyle, en diversos lugares de su labor y particularmente en el ensayo sobre Cagliostro, superó la conjetura de Bacon; estampó que la historia universal es una Escritura Sagrada que desciframos y escribimos inciertamente, y en la que también nos escriben. Después, León Bloy escribió: «No hay en la tierra un ser humano capaz de declarar quién es. Nadie sabe qué ha venido a hacer a este mundo, a qué corresponden sus actos, sus sentimientos, sus ideas, ni cuál es su *nombre* verdadero, su imperecedero Nombre en el registro de la Luz... La historia es un inmenso texto litúrgico, donde las iotas y los puntos no valen menos que los versículos o capítulos íntegros, pero la importancia de unos y de otros es inde-

[2] En las obras de Galileo abunda el concepto del universo como libro. La segunda sección de la antología de Favaro *(Galileo Galilei: Pensieri, motti e sentenze,* Firenze, 1949) se titula *Il libro della Natura.* Copio el siguiente párrafo: «La filosofía está escrita en aquel grandísimo libro que continuamente está abierto ante nuestros ojos (quiero decir, el universo), pero que no se entiende si antes no se estudia la lengua y se conocen los caracteres en que está escrito. La lengua de ese libro es matemática y los caracteres son triángulos, círculos y otras figuras geométricas.»

terminable y está profundamente escondida» (*L'Ame de Napoleon,* 1912). El mundo, según Mallarmé, existe para un libro; según Bloy, somos versículos o palabras o letras de un libro mágico, y ese libro incesante es la única cosa que hay en el mundo: es, mejor dicho, el mundo.

Buenos Aires, 1951.

El ruiseñor de Keats

Quienes han frecuentado la poesía lírica de Inglaterra no olvidarán la *Oda a un ruiseñor* que John Keats, tísico, pobre y acaso infortunado en amor, compuso en un jardín de Hampstead, a la edad de veintitrés años, en una de las noches del mes de abril de 1819. Keats, en el jardín suburbano, oyó al eterno ruiseñor de Ovidio y de Shakespeare y sintió su propia mortalidad y la contrastó con la tenue voz imperecedera del invisible pájaro. Keats había escrito que el poeta debe dar poesías naturalmente, como el árbol da hojas; dos o tres horas le bastaron para producir esa página de inagotable e insaciable hermosura, que apenas limaría después; su virtud, que yo sepa, no ha sido discutida por nadie, pero sí la interpretación. El nudo del problema está en la penúltima estrofa. El hombre circunstancial y mortal se dirige al pájaro, «que no huellan las hambrientas generaciones» y cuya voz, ahora, es la que en campos de Israel, una antigua tarde, oyó Ruth la moabita.

En su monografía sobre Keats, publicada en 1887, Sidney Colvin (corresponsal y amigo de Stevenson) percibió o inventó una dificultad en la estrofa de que hablo. Copio su curiosa declaración: «Con un error de lógica, que a mi parecer, es también una falla poética, Keats opone a la fugacidad de la vida humana, por la que entiende la vida del individuo, la permanencia de la vida del pájaro, por la que entiende la vida de la especie.» En 1895, Bridges repitió la denuncia; F. R. Leavis la aprobó en 1936 y le agregó el escolio: «Naturalmente, la falacia incluida en este concepto prueba la intensidad del sentimiento que lo prohijó.» Keats, en la primera estrofa de su poema, había llamado *dríade* al ruiseñor; otro crítico, Garrod, seriamente alegó ese epíteto para dictaminar que en la séptima, el ave es inmortal porque es una dríade, una divinidad de los bosques. Amy Lowell escribió con mejor acierto: «El lector que tenga una chispa de sentido imaginativo o poético intuirá inmediatamente que Keats no se refiere al ruiseñor que cantaba en ese momento, sino a la especie.»

Cinco dictámenes de cinco críticos actuales y pasados he recogido; entiendo que de todos el menos vano es el de la norteamericana Amy Lowell, pero niego la oposición que en él se postula entre el efímero ruiseñor de esa noche y el ruiseñor genérico. La clave, la exacta clave de la estrofa, está, lo sospecho, en un párrafo metafísico de Schopenhauer, que no la leyó nunca.

La *Oda a un ruiseñor* data de 1819; en 1844 apareció el segundo volumen de *El mundo como voluntad y representación*. En el capítulo 41 se lee: «Preguntémonos con sinceridad si la golondrina de este verano es otra que la del primero y si realmente entre las dos el milagro de sacar algo de la nada ha ocurrido millones de veces para ser burlado otras tantas por la aniquilación absoluta. Quien me oiga asegurar que ese gato que está jugando ahí es el mismo que brincaba y que atravesaba en ese lugar hace trescientos años pensará de mí lo que quiera, pero locura más extraña es imaginar que fundamentalmente es otro.» Es decir, el individuo es de algún modo la especie, y el ruiseñor de Keats es también el ruiseñor de Ruth.

Keats, que sin exagerada injusticia pudo escribir: «No

sé nada, no he leído nada», adivinó a través de las páginas de algún diccionario escolar el espíritu griego; sutilísima prueba de esa adivinación o recreación es haber intuido en el oscuro ruiseñor de una noche el ruiseñor platónico. Keats, acaso incapaz de definir la palabra *arquetipo,* se anticipó en un cuarto de siglo a una tesis de Schopenhauer.

Aclarada así la dificultad, queda por aclarar una segunda, de muy diversa índole. ¿Cómo no dieron con esta interpretación evidente Garrod y Leavis y los otros?[1] Leavis es profesor de uno de los colegios de Cambridge; —la ciudad que, en el siglo XVII, congregó y dio nombre a los *Cambridge Platonists*—; Bridges escribió un poema platónico titulado *The fourth dimension;* la mera enumeración de estos hechos parece agravar el enigma. Si no me equivoco, su razón deriva de algo esencial en la mente británica.

Observa Coleridge que todos los hombres nacen aristotélicos o platónicos. Los últimos sienten que las clases, los órdenes y los géneros son realidades; los primeros, que son generalizaciones; para éstos, el lenguaje no es otra cosa que un aproximativo juego de símbolos; para aquéllos es el mapa del universo. El platónico sabe que el universo es de algún modo un cosmos, un orden; ese orden, para el aristotélico, puede ser un error o una ficción de nuestro conocimiento parcial. A través de las latitudes y de las épocas, los dos antagonistas inmortales cambian de dialecto y de nombre: uno es Parménides, Platón, Spinoza, Kant, Francis Bradley; el otro, Heráclito, Aristóteles, Locke, Hume, William James. En las arduas escuelas de la Edad Media, todos invocan a Aristóteles, maestro de la humana razón *(Convivio,* IV, 2), pero los nominalistas son Aristóteles; los realistas, Platón. El nominalismo inglés del siglo XIV resurge en el escrupuloso idealismo inglés del siglo XVIII; la eco-

[1] A los que habría que agregar el genial poeta William Butler Yeats que, en la primera estrofa de *Sailing to Byzantium,* habla de las «murientes generaciones» de pájaros, con alusión deliberada o involuntaria a la Oda. Véase T. R. Henn: *The lonely tower,* 1950, pág. 211.

nomía de la fórmula de Occam, *entia non sunt multiplicanda praeter necessitatem* permite o prefigura el no menos taxativo *esse est percipi.* Los hombres, dijo Coleridge, nacen aristotélicos o platónicos; de la mente inglesa cabe afirmar que nació aristotélica. Lo real, para esa mente, no son los conceptos abstractos, sino los individuos; no el ruiseñor genérico, sino los ruiseñores concretos. Es natural, es acaso inevitable, que en Inglaterra no sea comprendida rectamente la *Oda a un ruiseñor.*

Que nadie lea una reprobación o un desdén en las anteriores palabras. El inglés rechaza lo genérico porque siente que lo individual es irreductible, inasimilable e impar. Un escrúpulo ético, no una incapacidad especulativa, le impide traficar en abstracciones, como los alemanes. No entiende la *Oda a un ruiseñor;* esa valiosa incomprensión le permite ser Locke, ser Berkeley y ser Hume, y redactar, hará setenta años, las no escuchadas y proféticas advertencias del *Individuo contra el Estado.*

El ruiseñor, en todas las lenguas del orbe, goza de nombres melodiosos *(nightingale, nachtigall, usignolo),* como si los hombres instintivamente hubieran querido que éstos no desmerecieran del canto que los maravilló. Tanto lo han exaltado los poetas que ahora es un poco irreal; menos afín a la calandria que al ángel. Desde los enigmas sajones del Libro de Exeter («yo, antiguo cantor de la tarde, traigo a los nobles alegría en las villas») hasta la trágica *Atalanta* de Swinburne, el infinito ruiseñor ha cantado en la literatura británica; Chaucer y Shakespeare lo celebran, Milton y Matthew Arnold, pero a John Keats unimos fatalmente su imagen como a Blake la del tigre.

El pensamiento de que la Sagrada Escritura tiene (además de su valor literal) un valor simbólico no es irracional y es antiguo: está en Filón de Alejandría, en los cabalistas, en Swedenborg. Como los hechos referidos por la Escritura son verdaderos (Dios es la Verdad, la Verdad no puede mentir, etcétera), debemos admitir que los hombres, al ejecutarlos, representaron ciegamente un drama secreto, determinado y premeditado por Dios. De ahí a pesar que la historia del universo —y en ella nuestras vidas y el más tenue detalle de nuestras vidas— tiene un valor inconjeturable, simbólico, no hay un trecho infinito. Muchos deben haberlo recorrido; nadie, tan asombrosamente como León Bloy. (En los fragmentos psicológicos de Novalis y en aquel tomo de la autobiografía de Machen que se llama *The London Adventure,* hay una hipótesis afín: la de que el mundo externo —las formas, las temperaturas, la luna— es un lenguaje que hemos olvidado los hombres, o que deletreamos apenas... También la declara De Quincey[1]: «Hasta los sonidos irracionales del globo deben ser otras tantas álgebras y

[1] *Writings,* 1896, volumen I, pág. 129.

lenguajes que de algún modo tienen sus llaves correspondientes, su severa gramática y su sintaxis, y así las mínimas cosas del universo pueden ser espejos secretos de los mayores.»)

Un versículo de San Pablo (I, Corintios, XIII, 12) inspiró a León Bloy. *Videmus nunc per speculum in aenigmate: tunc autem facie ad faciem. Nunc cognosco ex parte: tunc autem cognoscam sicut et cognitus sum.* Torres Amat miserablemente traduce: «Al presente no vemos a *Dios* sino como en un espejo, y bajo imágenes oscuras: pero entonces *le* veremos cara a cara. Yo no *le* conozco ahora sino imperfectamente: mas entonces *le* conoceré *con una visión clara,* a la manera que soy yo conocido.» Cuarenta y cuatro voces hacen el oficio de 22; imposible ser más palabrero y más lánguido. Cipriano de Valera es más fiel: «Ahora vemos por espejo, en oscuridad; mas entonces *veremos* cara a cara. Ahora conozco en parte; mas entonces conoceré como soy conocido.» Torres Amat opina que el versículo se refiere a nuestra visión de la divinidad; Cipriano de Valera (y León Bloy) a nuestra visión general.

Que yo sepa, Bloy no imprimió a su conjetura una forma definitiva. A lo largo de su obra fragmentaria (en la que abundan, como nadie lo ignora, la quejumbre y la afrenta) hay versiones o facetas distintas. He aquí unas cuantas, que he rescatado de las páginas clamorosas de *Le mendiant ingrat,* de *Le Vieux de la Montagne* y de *L'invendable.* No creo haberlas agotado: espero que algún especialista en León Bluy (yo no lo soy) las complete y las rectifique.

La primera es de junio de 1894. La traduzco así: «La sentencia de San Pablo: *Videmus nunc per speculum in aenigmate* sería una claraboya para sumergirse en el Abismo verdadero, que es el alma del hombre. La aterradora inmensidad de los abismos del firmamento es una ilusión, un reflejo exterior de *nuestros abismos,* percibidos 'en un espejo'. Debemos invertir nuestros ojos y ejercer una astronomía sublime en el infinito de nuestros corazones, por los que Dios quiso morir... Si vemos la Vía Láctea, es porque existe *verdaderamente* en nuestra alma.»

La segunda es de noviembre del mismo año: «Recuerdo una de mis ideas más antiguas. El Zar es el jefe y el padre espiritual de ciento cincuenta millones de hombres. Atroz responsabilidad que sólo es aparente. Quizá no es responsable, ante Dios, sino de unos pocos seres humanos. Si los pobres de su imperio están oprimidos durante su reinado, si de ese reinado resultan catástrofes inmensas, ¿quién sabe si el sirviente encargado de lustrarle las botas no es el verdadero y solo culpable? En las disposiciones misteriosas de la Profundidad, ¿quién es de veras Zar, quién es rey, quién puede jactarse de ser un mero sirviente?»

La tercera es de una carta escrita en diciembre: «Todo es símbolo, hasta el dolor más desgarrador. Somos durmientes que gritan en el sueño. No sabemos si tal cosa que nos aflige no es el principio secreto de nuestra alegría ulterior. Vemos ahora, afirma San Pablo, *per speculum in aenigmate,* literalmente: 'en enigma por medio de un espejo' y no veremos de otro modo hasta el advenimiento de Aquel que está todo en llamas y que debe enseñarnos todas las cosas.»

La cuarta es de mayo de 1904: «*Per speculum in aenigmate,* dice San Pablo. Vemos todas las cosas al revés. Cuando creemos dar, recibimos, etc. Entonces (me dice una querida alma angustiada) nosotros estamos en el cielo y Dios sufre en la tierra.»

La quinta es de mayo de 1908: «Aterradora idea de Juana, acerca del texto *Per speculum.* Los goces de este mundo serían los tormentos del infierno, vistos *al revés,* en un espejo.»

La sexta es de 1912. En cada una de las páginas de *L'Ame de Napoleon,* libro cuyo propósito es descifrar el símbolo *Napoleón,* considerado como precursor de otro héroe —hombre y simbólico también— que está oculto en el porvenir. Básteme citar dos pasajes. Uno: «Cada hombre está en la tierra para simbolizar algo que ignora y para realizar una partícula, o una montaña, de los materiales invisibles que servirán para edificar la Ciudad de Dios.» Otro: «No hay en la tierra un ser humano capaz de declarar quién es, con certidumbre. Nadie sabe qué ha venido a hacer a este mundo, a qué corresponden sus actos, sus sentimientos, sus ideas, ni cuál es su *nombre* verdadero, su imperecedero Nombre en el registro de la Luz... La historia es un inmenso texto litúrgico donde las iotas y los puntos no valen menos que los versículos o capítulos íntegros, pero la importancia de unos y de otros es indeterminable y está profundamente escondida.»

Los anteriores párrafos tal vez parecerán al lector meras gratitudes de Bloy. Que yo sepa, no se cuidó nunca de razonarlos. Yo me atrevo a juzgarlos verosímiles, y acaso inevitables dentro de la doctrina cristiana. Bloy (lo repito) no hizo otra cosa que aplicar a la Creación entera el método que los cabalistas judíos aplicaron a la Escritura. Estos pensaron que una obra dictada por el Espíritu Santo era un texto absoluto: vale decir un texto donde la colaboración del azar es calculable en cero. Esa premisa portentosa de un libro impenetrable a la contingencia, de un libro que es un mecanismo de propósitos infinitos, les movió a permutar las palabras escriturales, a sumar el valor numérico de las letras, a tener en cuenta su forma, a observar las minúsculas y mayúsculas, a buscar acrósticos y anagramas y a otros rigores exegéticos de los que no es difícil burlarse. Su apología es que nada puede ser contingente en la obra de una inteligencia infinita [2]. Léon Bloy postula ese carácter jeroglífico —ese carácter de escritura divina, de criptografía de los ángeles— en todos los instantes y en todos los seres del mundo. El supersticioso cree penetrar esa escritura orgánica: trece comensales articulan el símbolo de la muerte; un ópalo amarillo, el de la desgracia...

Es dudoso que el mundo tenga sentido; es más dudoso aún que tenga doble y triple sentido, observará el incrédulo. Yo entiendo que así es; pero entiendo que el mundo

[2] ¿Qué es una inteligencia infinita?, indagará tal vez el lector. No hay teólogo que no la defina; yo prefiero un ejemplo. Los pasos que da un hombre, desde el día de su nacimiento hasta el de su muerte, dibujan en el tiempo una inconcebible figura. La Inteligencia Divina intuye esa figura inmediatamente, como la de los hombres un triángulo. Esa figura (acaso) tiene su determinada función en la economía del universo.

jeroglífico postulado por Bloy es el que más conviene a la dignidad del Dios intelectual de los teólogos.

Ningún hombre sabe quién es, afirmó Léon Bloy. Nadie como él para ilustrar esa ignorancia íntima. Se creía un católico riguroso y fue un continuador de las cabalistas, un hermano secreto de Swedenborg y de Blake: heresiarcas.

Dos libros

El último libro de Wells —*Guide to the New World. A Handbook of Constructive World Revolution*— corre el albur de parecer, a primera vista, una mera enciclopedia de injurias. Sus muy legibles páginas denuncian al Fuehrer, «que chilla como un conejo estrujado»; a Goering, «aniquilador de ciudades que, al día siguiente, barren los vidrios rotos y retoman las tareas de la víspera»; a Eden, «el inconsolable viudo quintaesencial de la Liga de las Naciones»; a José Stalin, que en un dialecto irreal sigue vindicando la dictadura del proletariado, «aunque nadie sabe qué es el proletariado, ni cómo y dónde dicta»; al «absurdo Ironside»; a los generales del ejército francés, «derrotados por la conciencia de la ineptitud, por tanques fabricados en Checoslovaquia, por voces y rumores radiotelefónicos y por algunos mandaderos en bicicleta»; a la «evidente voluntad de derrota» *(will for defeat)* de la aristocracia británica; al «rencoroso conventillo» Irlanda del Sur; al Ministerio de Relaciones Exteriores inglés, «que parece no ahorrar el menor esfuerzo para que Alemania gane la guerra que ya ha perdido»;

a Sir Samuel Hoare, «mental y moralmente tonto»; a los norteamericanos e ingleses «que traicionaron la causa liberal en España»; a los que opinan que esta guerra «es una guerra de ideologías» y no una fórmula criminal «del desorden presente»; a los ingenuos que suponen que basta exorcizar o destruir a los demonios Goering y Hitler para que el mundo sea paradisíaco.

He congregado algunas invectivas de Wells: no son literariamente memorables; algunas me parecen injustas, pero demuestran la imparcialidad de sus odios o de su indignación. Demuestran asimismo la libertad de que gozan los escritores en Inglaterra, en las horas centrales de una batalla. Más importante que esos malhumores epigramáticos (de los que apenas he citado unos pocos y que sería muy fácil triplicar o cuadruplicar) es la doctrina de este manual revolucionario. Esa doctrina es resumible en esta disyuntiva precisa: o Inglaterra identifica su causa con la de una revolución general (con la de un mundo federado), o la victoria en inaccesible e inútil. El capítulo XII (páginas 48-54) fija los fundamentos del mundo nuevo. Los tres capítulos finales discuten algunos problemas menores.

Wells, increíblemente, no es nazi. Increíblemente, pues casi todos mis contemporáneos lo son, aunque lo nieguen o lo ignoren. Desde 1925, no hay publicista que no opine que el hecho inevitable y trivial de haber nacido en un determinado país y de pertenecer a tal raza (o a tal buena mixtura de razas) no sea un privilegio singular y un talismán suficiente. Vindicadores de la democracia, que se creen muy diversos de Goebbels, instan a sus lectores, en el dialecto mismo del enemigo, a escuchar los latidos de un corazón que recoge los íntimos mandatos de la sangre y de la tierra. Recuerdo, durante la guerra civil española, ciertas discusiones indescifrables. Unos se declaraban republicanos; otros, nacionalistas; otros, marxistas; todos, en un léxico de *Gauleiter,* hablaban de la Raza y del Pueblo. Hasta los hombres de la hoz y el martillo resultaban racistas... También recuerdo con algún estupor cierta asamblea que se convocó para confundir el antisemitismo. Varias razones hay para que yo no sea un antisemita; la principal es ésta: la diferencia entre judíos y no-judíos me parece, en general, insignificante; a veces, ilusoria o imperceptible. Nadie, aquel día, quiso compartir mi opinión; todos juraron que un judío alemán difiere vastamente de un alemán. Vanamente les recordé que no otra cosa dice Adolfo Hitler; vanamente insinué que una asamblea contra el racismo no debe tolerar la doctrina de una Raza Elegida; vanamente alegué la sabia declaración de Mark Twain: «Yo no pregunto de qué raza es un hombre; basta que sea un ser humano; nadie puede ser nada peor» (*The man that corrupted Hadleyburg*, página 204).

En este libro, como en otros —*The fate of homo sapiens*, 1939; *The common sense of war and peace*, 1940—, Wells nos exhorta a recordar nuestra humanidad esencial y a refrenar nuestros miserables rasgos diferenciales, por patéticos o pintorescos que sean. En verdad, esa represión no es exorbitante: se limita a exigir de los estados, para su mejor convivencia, lo que una cortesía elemental exige de los individuos. «Nadie en su recto juicio —declara Wells— piensa que los hombres de Gran Bretaña son un pueblo elegido, una más noble especie de nazis, que disputan la hegemonía del mundo a los alemanes. Son el frente de batalla de la humanidad. Si no son ese frente, no son nada. Ese deber es un privilegio.»

Let the People Think es el título de una selección de los ensayos de Bertrand Russell. Wells, en la obra cuyo comentario he esbozado, nos insta a repensar la historia del mundo sin preferencias de carácter geográfico, económico o étnico; Russell también dispensa consejos de universalidad. En el tercer artículo —*Free thought and official propaganda*— propone que las escuelas primarias enseñen el arte de leer con incredulidad los periódicos. Entiendo que esa disciplina socrática no sería inútil. De las personas que conozco, muy pocas la deletrean siquiera. Se dejan embaucar por artificios tipográficos o sintácticos; piensan que un hecho ha acontecido porque está impreso en grandes letras negras; confunden la verdad con el cuerpo doce; no quieren entender que la afirmación: *Todas las tentativas del agresor para avanzar más allá de B han fracasado de manera sangrienta,* es un mero eufemismo para admitir la pérdida de B. Peor aún: ejercen una especie de magia, piensan que formular un temor es colaborar con el enemigo... Russell propone que el Estado trate de inmunizar a los hombres contra esas agüerías, y esos sofismas. Por ejemplo sugiere que los alumnos estudien las últimas derrotas de Napoleón, a través de los boletines del *Moniteur,* ostensiblemente triunfales. Planea deberes como éste: una vez estudiada en textos ingleses la historia de las guerras con Francia, reescribir esa historia, desde el punto de vista francés. Nuestros «nacionalistas» ya ejercen ese método paradójico: enseñan la historia argentina desde un punto de vista español, cuando no quichua o querandí.

De los otros artículos, no es el menos certero el que se titula *Genealogía del fascismo.* El autor empieza por observar que los hechos políticos proceden de especulaciones muy anteriores y que suele mediar mucho tiempo entre la divulgación de una doctrina y su aplicación. Así es: la «actualidad candente», que nos exaspera o exalta y que con alguna frecuencia nos aniquila, no es otra cosa que una reverberación imperfecta de viejas discusiones. Hitler, horrendo en públicos ejércitos y en secretos espías, es un pleonasmo de Carlyle (1795-1881) y aun de J. G. Fichte (1762-1814); Lenin, una transcripción de Karl Marx. De ahí que el verdadero intelectual rehúya los debates contemporáneos: la realidad es siempre anacrónica.

Russell imputa la teoría del fascismo a Fichte y a Carlyle. El primero, en la cuarta y quinta de las famosas *Reden an die deutsche Nation,* funda la superioridad de los alemanes en la no interrumpida posesión de un idioma puro. Esa razón es casi inagotablemente falaz; podemos conjeturar que no hay en la tierra un idioma puro (aunque lo fueran las palabras, no lo son las representaciones; aunque los puristas digan *deporte,* se representan *sport);* podemos recordar que el alemán es menos «puro» que el vascuence o el hotentote; podemos interrogar por qué es preferible un idioma sin mezcla...

Más compleja y más elocuente es la contribución de Carlyle. Este, en 1843, escribió que la democracia es la desesperación de no encontrar héroes que nos dirijan. En 1870 aclamó la victoria de la «paciente, noble, profunda, sólida y piadosa Alemania» sobre la «fanfarrona, vanagloriosa, gesticulante, pendenciera, intranquila, hipersensible Francia» (*Miscellanies,* tomo séptimo, página 251). Alabó la Edad Media, condenó las bolsas de viento parlamentarias, vindicó la memoria del dios Thor, de Guillermo el Bastardo, de Knox, de Cromwell, de Federico II, del taciturno doctor Francia y de Napoleón, anheló un mundo que no fuera «el caos provisto de urnas electorales», abominó de la abolición de la esclavitud, propuso la conversión de las estatuas —«horrendos solecismos de bronce»— en útiles bañaderas de bronce, ponderó la pena de muerte, se alegró de que en toda población hubiera un cuartel, aduló, e inventó, la Raza Teutónica. Quienes anhelen otras imprecaciones o apoteosis, pueden interrogar *Past and Present* (1843) y los *Latter-day Pamphlets,* que son de 1850.

Bertrand Russell concluye: «En cierto modo, es lícito afirmar que el ambiente de principios del siglo XVIII era racional y el de nuestro tiempo, antirracional.» Yo eliminaría el tímido adverbio que encabeza la frase.

Anotación al 23 de agosto de 1944

Esa jornada populosa me deparó tres heterogéneos asombros: el grado *físico* de mi felicidad cuando me dijeron la liberación de París; el descubrimiento de que una emoción colectiva puede no ser innoble; el enigmático y notorio entusiasmo de muchos partidarios de Hitler. Sé que indagar ese entusiasmo es correr el albur de parecerme a los vanos hidrógrafos que indagaban por qué basta un solo rubí para detener el curso de un río; muchos me acusarán de investigar un hecho quimérico. Este, sin embargo, ocurrió y miles de personas en Buenos Aires pueden atestiguarlo.

Desde el principio, comprendí que era inútil interrogar a los mismos protagonistas. Esos versátiles, a fuerza de ejercer la incoherencia, han perdido toda noción de que ésta debe justificarse: veneran la raza germánica, pero abominan de la América «sajona»; condenan los artículos de Versalles, pero aplaudieron los prodigios de *Blitzkrieg;* son antisemitas, pero profesan una religión de origen hebreo; bendicen la guerra submarina, pero reprueban con vigor las piraterías británicas; denuncian el imperialismo, pero vindican y promulgan la tesis del espacio vital; idolatran a San Martín, pero opinan que la independencia de América fue un error; aplican a los actos de Inglaterra el canon de Jesús, pero a los de Alemania el de Zarathustra.

Reflexioné, también, que toda incertidumbre era preferible a la de un diálogo con esos consanguíneos del caos, a quienes la infinita repetición de la interesante fórmula *soy argentino* exime del honor y de la piedad. Además, ¿no ha razonado Freud y no ha presentido Walt Whitman que los hombres gozan de poca información acerca de los móviles profundos de su conducta? Quizá, me dije, la magia de los símbolos *París* y *liberación* es tan poderosa que los partidarios de Hitler han olvidado que significan una derrota de sus armas. Cansado, opté por suponer que la novelería y el temor y la simple adhesión a la realidad eran explicaciones verosímiles del problema.

Noches después, un libro y un recuerdo me iluminaron. El libro fue el *Man and Superman* de Shaw; el pasaje a que me refiero es aquel del sueño metafísico de John Tanner, donde se afirma que el horror del Infierno es su irrealidad; esa doctrina puede parangonarse con la de otro irlandés, Juan Escoto Erigena, que negó la existencia sustantiva del pecado y del mal y declaró que todas las criaturas, incluso el diablo, regresarán a Dios. El recuerdo fue de aquel día que es perfecto y detestado reverso del 23 de agosto: el 14 de junio de 1940. Un germanófilo, de cuyo nombre no quiero acordarme, entró ese día en mi casa; de pie, desde la puerta, anunció la vasta noticia: los ejércitos nazis habían ocupado a París. Sentí una mezcla de tristeza, de asco, de malestar. Algo que no entendí me detuvo: la insolencia del júbilo no explicaba ni la estentórea voz ni la brusca proclamación. Agregó que muy pronto esos ejércitos entrarían en Londres. Toda oposición era inútil, nada podría detener su victoria. Entonces comprendí que él también estaba aterrado.

Ignoro si los hechos que he referido requieren elucidación. Creo poder interpretarlos así: Para los europeos y americanos, hay un orden —un solo orden— posible: el que antes llevó el nombre de Roma y que ahora es la cultura del Occidente. Ser nazi (jugar a la barbarie enérgica, jugar a ser un viking, un tártaro, un conquistador del siglo XVI, un gaucho, un piel roja) es, a la larga, una imposibilidad mental y moral. El nazismo adolece de irrealidad, como los infiernos de Erígena. Es inhabitable; los hombres sólo pueden morir por él, mentir por él, matar y ensangrentar por él. Nadie, en la soledad central de su yo, puede anhelar que triunfe. Arriesgo esta conjetura: *Hitler quiere ser derrotado.* Hitler de un modo ciego, colabora con los inevitables ejércitos que lo aniquilarán, como los buitres de metal y el dragón (que no debieron de ignorar que eran monstruos) colaboraban, misteriosamente, con Hércules.

ambigüedades de los viajes
símbolos de París y liberación
hacen olvidar la derrota
pues son más fuertes
miedo de algo irreal, como el
infierno en Man + Superman
de Shaw
1940 - el hombre estaba aterrado de
que hayan ocupado París
y muy pronto Londres

Sobre el *Vathek* de William Beckford

Wilde atribuye la siguiente broma a Carlyle: una biografía de Miguel Angel que omitiera toda mención de las obras de Miguel Angel. Tan compleja es la realidad, tan fragmentaria y tan simplificada la historia, que un observador omnisciente podría redactar un número indefinido, y casi infinito, de biografías de un hombre, que destacaran hechos independientes y de las que tendríamos que leer muchas antes de comprender que el protagonista es el mismo. Simplifiquemos desaforadamente una vida: imaginemos que la integran trece mil hechos. Una de las hipotéticas biografías registraría la serie 11, 22, 33...; otra, la serie 9, 13, 17, 21...; otra, la serie 3, 12, 21, 30, 39... No es inconcebible una historia de los sueños de un hombre; otra, de los órganos de su cuerpo; otra, de las falacias cometidas por él; otra, de todos los momentos en que se imaginó las pirámides; otra, de su comercio con la noche y con las auroras. Lo anterior puede parecer meramente quimérico; desgraciadamente, no lo es. Nadie se resigna a escribir la biografía literaria de un escritor, la biografía militar de un soldado; todos prefieren la biografía genealógica, la biografía económica, la biografía psiquiátrica, la biografía quirúrgica, la biografía tipográfica. Setecientas páginas en octavo comprende cierta vida de Poe; el autor, fascinado por los cambios de domicilio, apenas logra rescatar un paréntesis para el Maelstrom y para la cosmogonía de *Eureka*. Otro ejemplo: esta curiosa revelación del prólogo de una biografía de Bolívar: «En este libro se habla tan escasamente de batallas como en el que el mismo autor escribió sobre Napoleón.» La broma de Carlyle predecía nuestra literatura contemporánea: en 1943 lo paradójico es una biografía de Miguel Angel que tolere alguna mención de las obras de Miguel Angel.

El examen de una reciente biografía de William Beckford (1760-1844) me dicta las anteriores observaciones. William Beckford, de Fonthill, encarnó un tipo suficientemente trivial de millonario, gran señor, viajero, bibliófilo, constructor de palacios y libertino; Chapman, su biógrafo, desentraña (o procura desentrañar) su vida laberíntica, pero prescinde de un análisis de *Vathek*, novela a cuyas últimas diez páginas William Beckford debe su gloria.

He confrontado varias críticas de *Vathek*. El prólogo que Mallarmé redactó para su reimpresión de 1876, abunda en observaciones felices (ejemplo: hace notar que la novela principia en la azotea de una torre desde la que se lee el firmamento, para concluir en un subterráneo encantado), pero está escrito en un dialecto etimológico del francés, de ingrata o imposible lectura. Belloc (*A conversation with an angel,* 1928) opina sobre Beckford sin condescender a razones; equipara su prosa a la de Voltaire y lo juzga uno de los hombres más viles de su época, *one of the vilest men of his time*. Quizá el juicio más lúcido es el de Sneintsbury, en el undécimo volumen de la *Cambridge History of English Literature*.

Esencialmente la fábula de *Vathek* no es compleja. Vathek (Harún Benalmotásim Vatiq Bilá, noveno califa abbasida) erige una torre babilónica para descrifrar los planetas. Estos le auguran una sucesión de prodigios, cuyo instrumento será un hombre sin par, que vendrá de una tierra desconocida. Un mercader llega a la capital del imperio; su cara es tan atroz que los guardias que lo conducen ante el califa avanzan con los ojos cerrados. El mercader vende una cimitarra al califa; luego desaparece. Grabados en la hoja hay misteriosos caracteres cambiantes que burlan la curiosidad de Vathek. Un hombre (que luego desaparece también) los descifra; un día significan: *Soy la menor maravilla de una región donde todo es maravilloso y digno del mayor príncipe de la tierra;* otro: *Ay de quien temerariamente aspira a saber lo que debería ignorar.* El califa se entrega a las artes mágicas; la voz del mercader, en la oscuridad, le propone abjurar la fe musulmana y adorar los poderes de las tinieblas. Si lo hace, le será franqueado el Alcázar del Fuego Subterráneo. Bajo sus bóvedas podrá contemplar los tesoros que los astros le prometieron, los talismanes que sojuzgan el mundo, las diademas de los sultanes preadamitas y de Suleimán Bendaúl. El ávido califa se rinde; el mercader le exige cuarenta sacrificios humanos. Transcurren muchos años sangrientos; Vathek, negra de abominaciones el alma, llega a una montaña desierta. La tierra se abre; con terror y con esperanza, Vathek baja hasta el fondo del mundo. Una silenciosa y pálida muchedumbre de personas que no se miran erra por las soberbias galerías de un palacio infinito. No le ha mentido el mercader: el Alcázar del Fuego Subterráneo abunda en esplendores y en talismanes, pero también es el Infierno. (En la congénere historia del doctor Fausto, y en las muchas leyendas medievales que la prefiguraron, el Infierno es el castigo del pecador que pacta con los dioses del Mal; en ésta es el castigo y la tentación.)

Saintsbury y Andrew Lang declaran o sugieren que la invención del Alcázar del Fuego Subterráneo es la mayor gloria de Beckford. Yo afirmo que se trata del primer Infierno realmente atroz de la literatura[1]. Arriesgo esta paradoja: el más ilustre de los avernos literarios, el *do-*

[1] De la literatura, he dicho, no de la mística: el electivo Infierno de Swedenborg —*De coelo et inferno,* 545, 554— es de fecha anterior.

lente regno de la *Comedia,* no es un lugar atroz; es un lugar en el que ocurren hechos atroces. La distinción es válida.

Stevenson *(A chapter on dreams)* refiere que en los sueños de la niñez lo perseguía un matiz abominable del color pardo; Chesterton *(The man who was Thursday,* VI) imagina que en los confines occidentales del mundo acaso existe un árbol que ya es más, y menos, que un árbol, y en los confines orientales, algo, una torre, cuya sola arquitectura es malvada. Poe, en el *Manuscrito encontrado en una botella,* habla de un mar austral donde crece el volumen de la nave como el cuerpo viviente del marinero; Melville dedica muchas páginas de *Moby Dick* a dilucidar el horror de la blancura insoportable de la ballena... He prodigado ejemplos; quizá hubiera bastado observar que el Infierno dantesco magnifica la noción de una cárcel; el de Beckford, los túneles de una pesadilla. *La Divina Comedia* es el libro más justificable y más firme de todas las literaturas: *Vathek* es una mera curiosidad, *the perfume and suppliance of a minute;* creo, sin embargo, que *Vathek* pronostica, siquiera de un modo rudimentario, los satánicos esplendores de Thomas de Quincey y de Poe, de Charles Baudelaire y de Huysmans. Hay un intraducible epíteto inglés, el epíteto *uncanny,* para denotar el horror sobrenatural; ese epíteto *(unheimlich* en alemán) es aplicable a ciertas páginas de *Vathek;* que yo recuerde, a ningún otro libro anterior.

Chapman indica algunos libros que influyeron en Beckford: la *Bibliothèque Orientale,* de Barthélemy d'Herbelot; los *Quatre Facardins,* de Hamilton; *La princesa de Babylone,* de Voltaire; las siempre denigradas y admirables *Mille et une Nuits,* de Galland. Yo complementaría esa lista con las *Carceri d'invenzione,* de Piranesi; aguafuertes alabadas por Beckford, que representan poderosos palacios, que son también laberintos inextricables. Beckford, en el primer capítulo de *Vathek,* enumera cinco palacios dedicados a los cinco sentidos; Marino, en el *Adone,* ya había descrito cinco jardines análogos.

Sólo tres días y dos noches del invierno de 1782 requirió William Beckford para redactar la trágica historia de su califa. La escribió en idioma francés; Henley la tradujo al inglés en 1785. El original es infiel a la traducción; Saintsbury observa que el francés del siglo XVIII es menos apto que el inglés para comunicar los «indefinidos horrores» (la frase es de Beckford) de la singularísima historia.

La versión inglesa de Henley figura en el volumen 856 de la *Everyman's Library;* la editorial Perrin, de París, ha publicado el texto original, revisado y prologado por Mallarmé. Es raro que la laboriosa bibliografía de Chapman ignore esa revisión y ese prólogo.

Buenos Aires, 1943.

Sobre *The Purple Land*

Esta novela primigenia de Hudson es reducible a una fórmula tan antigua que casi puede comprender la *Odisea;* tan elemental que sutilmente la difama y la desvirtúa el nombre de fórmula. El héroe se echa a andar y le salen al paso sus aventuras. A ese género nómada y azaroso pertenecen el *Asno de Oro* y los fragmentos del *Satiricón; Pickwick* y el *Don Quijote; Kim* de Lahore y *Segundo Sombra* de Areco. Llamar novelas picarescas a esas ficciones me parece injustificado; en primer término, por la connotación mezquina de la palabra; en segundo, por sus limitaciones locales y temporales (siglo XVI español, siglo XVII). El género es complejo, por lo demás. El desorden, la incoherencia y la variedad no son inaccesibles, pero es indispensable que los gobierne un orden secreto, que gradualmente se descubra. He recordado algunos ejemplos ilustres; quizá no haya uno que no exhiba defectos evidentes. Cervantes moviliza dos tipos: un hidalgo «seco de carnes», alto, ascético, loco y altisonante; un villano carnoso, bajo, comilón, cuerdo y dicharachero: esa discordia tan simétrica y persistente acaba por quitarles realidad, por disminuirlos a figuras de circo. (En el séptimo capítulo de *El Payador*, nuestro Lugones ya insinuó ese reproche.) Kipling inventa un Amiguito del Mundo Entero, el libérrimo Kim: a los pocos capítulos, urgido por no sé qué patriótica perversión, le da el horrible oficio de espía. (En su autobiografía literaria, redactada unos treinta y cinco años después, Kipling se muestra impenitente y aun inconsciente.) Anoto sin animadversión esas lacras; lo hago para juzgar *The Purple Land* con pareja sinceridad.

Del género de novelas que considero, las más rudimentarias buscan la mera sucesión de aventuras, la mera variedad; los siete viajes de Simbad el Marino suministran quizá el ejemplo más puro. El héroe, en ellas, es un mero sujeto, tan impersonal y pasivo como el lector. En otras (apenas más complejas) los hechos cumplen la función de mostrar el carácter del héroe, cuando no sus absurdidades y manías; tal es el caso de la primera parte del *Don Quijote*. En otras (que corresponden a una etapa ulterior) el movimiento es doble, recíproco: el héroe modifica las circunstancias, las circunstancias modifican el carácter del héroe. Tal es el caso de la parte segunda del *Quijote*, del *Huckleberry Finn* de Mark Twain, de *The Purple Land*. Esta ficción, en realidad, tiene dos argumentos. El primero, visible: las aventuras del muchacho inglés Richard Lamb en la Banda Oriental. El segundo, íntimo, invisible: el venturoso acriollamiento de Lamb, su conversión gradual a una moralidad cimarrona que recuerda un poco a Rousseau y prevé un poco a Nietzsche. Sus *Wanderjahre* son *Lehrjahre* también. En carne propia, Hudson conoció los rigores de una vida semibárbara, pastoril; Rousseau y Nietzsche, sólo a través de los sedentarios volúmenes de la *Histoire Générale des Voyages* y de las epopeyas homéricas. Lo anterior no quiere decir que *The Purple Land* sea intachable. Adolece de un error evidente, que es lógico imputar a los azares de la improvisación: la vana y fatigosa complejidad de ciertas aventuras. Pienso en las del final: son lo bastante complicadas para fatigar la atención, pero no para interesarla. En esos onerosos capítulos, Hudson parece no entender que el libro es sucesivo (casi tan puramente sucesivo como el *Satiricón* o como el *Buscón)* y lo entorpece de artificios inútiles. Se trata de un error harto difundido: Dickens, en todas sus novelas, incurre en prolijidades análogas.

Quizá ninguna de las obras de la literatura gauchesca aventaje a *The Purple Land.* Sería deplorable que alguna distracción topográfica y tres o cuatro errores o erratas *(Camelones* por *Canelones, Aria* por *Arias, Gumesinda* por *Gumersinda)* nos escamotearan esa verdad... *The Purple Land* es fundamentalmente criolla. La circunstancia de que el narrador sea un inglés justifica ciertas aclaraciones y ciertos énfasis que requiere el lector y que resultarían anómalos en un gaucho, habituado a esas cosas. En el número 31 de *Sur,* afirma Ezequiel Martínez Estrada: «Nuestras cosas no han tenido poeta, pintor ni intérprete semejante a Hudson, ni lo tendrán nunca. Hernández es una parcela de ese cosmorama de la vida argentina que Hudson cantó, describió y comentó... En las últimas páginas de *The Purple Land,* por ejemplo, hay contenida la máxima filosofía y la suprema justificación de América frente a la civilización occidental y a los valores de la cultura de cátedra.» Martínez Estrada, como se ve, no ha vacilado en preferir la obra total de Hudson al más insigne de los libros canónicos de nuestra literatura gauchesca. Por lo pronto, el ámbito que abarca *The Purple Land* es incomparablemente mayor. El *Martín Fierro* (pese al proyecto de canonización de Lugones) es menos la epopeya de nuestros orígenes —¡en 1872!— que la autobiografía de un cuchillero, falseada por bravatas y por quejumbres que casi profetizan el tango. En Ascasubi hay rasgos más vívidos, más felicidad, más coraje, pero todo ello está fragmentario y secreto en tres tomos incidentales, de cuatrocientas páginas cada uno. *Don Segundo Sombra,* pese a la veracidad de los diálogos, está maleado por el afán de magnificar las tareas más inocentes. Nadie ignora que su narrador es un gaucho; de ahí lo doblemente injustificado de ese gigantismo teatral, que hace de un arreo de novillos una función de guerra. Güiraldes ahueca la voz para referir los trabajos cotidianos del campo; Hudson (como Ascasubi, como Hernández, como Eduardo Gutiérrez) narra con toda naturalidad hechos acaso atroces.

Alguien observará que en *The Purple Land* el gaucho no figura sino de modo lateral, secundario. Tanto mejor para la veracidad del retrato, cabe responder. El gaucho es hombre taciturno, el gaucho desconoce, o desdeña, las complejas delicias de la memoria y de la introspección; mostrarlo autobiográfico y efusivo, ya es deformarlo.

Otro acierto de Hudson, es el geográfico. Nacido en la provincia de Buenos Aires, en el círculo mágico de la pampa, elige, sin embargo, la tierra cárdena donde la montonera fatigó sus primeras y últimas lanzas: el Estado Oriental. En la literatura argentina privan los gauchos de la provincia de Buenos Aires; la paradójica razón de esa primacía es la existencia de una gran ciudad, Buenos Aires, madre de insignes literatos «gauchescos». Si en vez de interrogar la literatura, nos atenemos a la historia, comprobaremos que ese glorificado gauchaje ha influido poco en los destinos de su provincia, nada en los del país. El organismo típico de la guerra gaucha, la montonera, sólo aparece en Buenos Aires de manera esporádica. Manda la ciudad, mandan los caudillos de la ciudad. Apenas si algún individuo —Hormiga Negra en los documentos judiciales, Martín Fierro en las letras— logra, con una rebelión de matrero, cierta notoriedad policial.

Hudson, he dicho, elige para las correrías de su héroe las cuchillas de la otra banda. Esta elección propicia le permite enriquecer el destino de Richard Lamb con el azar y con la variedad de la guerra —azar que favorece las ocasiones del amor vagabundo— Macaulay, en el artículo sobre Bunyan, se maravilla de que las imaginaciones de un hombre sean con el tiempo recuerdos personales de muchos otros. Las de Hudson perduran en la memoria: los balazos británicos retumbando en la noche de Paysandú: el gaucho ensimismado que pita con fruición el tabaco negro, antes de la batalla; la muchacha que se da a un forastero, en la secreta margen de un río.

Mejorando hasta la perfección una frase divulgada por Boswell, Hudson refiere que muchas veces en la vida emprendió el estudio de la metafísica, pero que siempre lo interrumpió la felicidad. La frase (una de las más memorables que el trato de las letras me ha deparado) es típica del hombre y del libro. Pese a la brusca sangre derramada y a las separaciones, *The Purple Land* es de los muy pocos libros felices que hay en la tierra. (Otro, también americano, también de sabor casi paradisíaco, es el *Huckleberry Finn,* de Marck Twain.) No pienso en el debate caótico de pesimistas y optimistas; no pienso en la felicidad doctrinaria que inexorablemente se impuso el patético Whitman; pienso en el temple venturoso de Richard Lamb, en su hospitalidad para recibir todas las vicisitudes del ser, amigas o aciagas.

Una observación última. Percibir o no los matices criollos es quizá baladí, pero el hecho es que de todos los extranjeros (sin excluir, por cierto, a los españoles) nadie los percibe sino el inglés. Miller, Robertson, Burton, Cunninghame, Graham, Hudson.

Buenos Aires, 1941.

De alguien a nadie

En el principio, Dios es los Dioses (Elohim), plural que algunos llaman de majestad y otros de plenitud y en el que se ha creído notar un eco de anteriores politeísmos o una premonición de la doctrina, declarada en Nicea, de que Dios es Uno y es Tres. Elohim rige verbos en singular; el primer versículo de la Ley dice literalmente: *En el principio hizo los Dioses el cielo y la tierra.* Pese a la vaguedad que el plural sugiere: Elohim es concreto; se llama Jehová Dios y leemos que se paseaba en el huerto al aire del día o, como dicen las versiones inglesas, *in the cool of the day.* Lo definen rasgos humanos; en un lugar de la Escritura se lee *Arrepentióse Jehová de haber hecho hombre en la tierra y pesóle en su corazón* y en otro, *Porque yo Jehová tu Dios soy un Dios celoso* y en otro, *He hablado en el fuego de mi ira.* El sujeto de tales locuciones es indiscutiblemente Alguien, un Alguien corporal que los siglos irán agigantando y desdibujando. Sus títulos varían: Fuerte de Jacob, Piedra de Israel, Soy Que Soy, Dios de los Ejércitos, Rey de Reyes. El último, que sin duda inspiró por oposición el Siervo de los Siervos de Dios, de Gregorio Magno, es en el texto original un superlativo de rey: «propiedad es de la lengua hebrea —dice Fray Luis de León— doblar así unas mismas palabras, cuando quiere encarecer alguna cosa, o en bien o en mal. Ansí que decir *Cantar de cantares* es lo mismo que solemos decir en castellano *Cantar entre cantares, hombre entre hombres,* esto es, señalado y eminente entre todos y más excelente que otros muchos». En los primeros siglos de nuestra era, los teólogos habilitan el prefijo *omni,* antes reservado a los adjetivos de la naturaleza o de Júpiter; cunden las palabras *omnipotente, omnipresente, omniscio,* que hacen de Dios un respetuoso caos de superlativos no imaginables. Esa nomenclatura, como las otras, parece limitar la divinidad: a fines del siglo V, el escondido autor del *Corpus Dionysiacum* declara que ningún predicado afirmativo conviene a Dios. Nada se debe afirmar de El, todo puede negarse. Schopenhauer anota secamente: «Esa teología es la única verdadera, pero no tiene contenido.» Redactados en griego, los tratados y las cartas que forman el *Corpus Dionysiacum* dan en el siglo IX con un lector que los vierte al latín: Johannes Eriugena o Scotus, es decir, Juan el Irlandés, cuyo nombre en la historia es Escoto Erígena, o sea, Irlandés Irlandés. Este formula una doctrina de índole panteísta: las cosas particulares son teofanías (revelaciones o apariciones de lo divino) y detrás está Dios, que es lo único real, «pero que no sabe qué es, porque no es un qué, y es incomprensible a sí mismo y a toda inteligencia». No es sapiente, es más que sapiente; no es bueno, es más que bueno; inescrutablemente excede y rechaza todos los atributos. Juan el Irlandés, para definirlo, acude a la palabra *nihilum,* que es la nada; Dios es la nada primordial de la *creatio ex nihilo,* el abismo en que se engendraron los arquetipos y luego los seres concretos. Es Nada y Nadie; quienes lo concibieron así obraron con el sentimiento de que ello es más que un Quién o un Qué. Análogamente, Samkara enseña que los hombres, en el sueño profundo, son el universo, son Dios.

El proceso que acabo de ilustrar no es, por cierto,

aleatorio. La magnificación hasta la nada sucede o tiende a suceder en todos los cultos; inequívocamente la observamos en el caso de Shakespeare. Su contemporáneo Ben Jonson lo quiere sin llegar a la idolatría, *on this side Idolatry;* Dryden lo declara el Homero de los poetas dramáticos de Inglaterra, pero admite que suele ser insípido y ampuloso; el discursivo siglo XVIII procura aquilatar sus virtudes y reprender sus faltas; Maurice Morgan, en 1774, afirma que el rey Lear y Falstaff no son otra cosa que modificaciones de la mente de su inventor; a principios del siglo XIX, ese dictamen es recreado por Coleridge, para quien Shakespeare ya no es un hombre, sino una variación literaria del infinito Dios de Spinoza. «La persona Shakespeare —escribe— fue una *natura naturata,* un efecto, pero lo universal, que está potencialmente en lo particular, le fue revelado, no como abstraído de la observación de una pluralidad de casos, sino como la sustancia capaz de infinitas modificaciones, de las que su existencia personal era sólo una.» Hazlitt corrobora o confirma: «Shakespeare se parecía a todos los hombres, salvo en lo de parecerse a todos los hombres. Intimamente no era nada, pero era todo lo que son los demás, o lo que pueden ser.» Hugo, después, lo equipara con el océano, que es un almácigo de formas posibles [1].

Ser una cosa es inexorablemente no ser todas las otras cosas; la intuición confusa de esa verdad ha inducido a los hombres a imaginar que no ser es más que ser algo y que, de alguna manera, es ser todo. Esta falacia está en las palabras de aquel rey legendario del Indostán, que renuncia al poder y sale a pedir limosna en las calles: «Desde ahora no tengo reino o mi reino es ilimitado,

[1] En el budismo se repite el dibujo. Los primeros textos narran que el Buddha, al pie de la higuera, intuye la infinita concatenación de todos los efectos y causas del universo, las pasadas y futuras encarnaciones de cada ser; los últimos, redactados siglos después, razonan que nada es real y que todo conocimiento es ficticio y que si hubiera tantos Ganges como hay granos de arena en el Ganges y otra vez tantos Ganges como granos de arena en los nuevos Ganges, el número de granos de arena sería menor que el número de cosas que *ignora* el Buddha.

desde ahora no me pertenece mi cuerpo o me pertenece toda la tierra.» Schopenhauer ha escrito que la historia es un interminable y perplejo sueño de las generaciones humanas; en el sueño hay formas que se repiten, quizá no hay otra cosa que formas; una de ellas es el proceso que denuncia esta página.

Buenos Aires, 1950.

A la gente le repugna ver un anciano, un enfermo o un muerto, y sin embargo está sometida a la muerte, a las enfermedades y a la vejez; el Buddha declaró que esta reflexión lo indujo a abandonar su casa y sus padres y a vestir la ropa amarilla de los ascetas. El testimonio consta en uno de los libros del canon; otro registra la parábola de los cinco mensajeros secretos que envían los dioses; son un párvulo, un anciano encorvado, un tullido, un criminal en los tormentos y un muerto, y avisan que nuestro destino es nacer, caducar, enfermar, sufrir justo castigo y morir. El Juez de las Sombras (en las mitologías del Indostán, Yama desempeña ese cargo, porque fue el primer hombre que murió) pregunta al pecador si no ha visto a los mensajeros; éste admite que sí, pero no ha descifrado su aviso; los esbirros lo encierran en una casa que está llena de fuego. Acaso el Buddha no inventó esta amenazadora parábola; bástenos saber que la dijo (*Majjhima nikaya,* 130) y que no la vinculó nunca, tal vez, a su propia vida.

La realidad puede ser demasiado compleja para la transmisión oral; la leyenda la recrea de una manera que sólo accidentalmente es falsa y que le permite andar por el mundo, de boca en boca. En la parábola y en la declaración figuran un hombre viejo, un hombre enfermo y un hombre muerto; el tiempo hizo de los dos textos uno y forjó; confundiéndolos, otra historia.

Siddhartha, el Bodhisattva, el pre-Buddha, es hijo de un gran rey, Suddhodana, de la estirpe del sol. La noche de su concepción, la madre sueña que en su lado derecho entra un elefante, del color de la nieve y con seis colmillos [1]. Los adivinos interpretan que su hijo reinará sobre el mundo o hará girar la rueda de la doctrina [2] y enseñará a los hombres cómo librarse de la vida y la muerte. El rey prefiere que Siddhartha logre grandeza temporal y no eterna, y lo recluye en un palacio, del que han sido apartadas todas las cosas que pueden revelarle que es corruptible. Veintinueve años de ilusoria felicidad transcurren así, dedicados al goce de los sentidos, pero Siddhartha, una mañana, sale en su coche y ve con estupor a un hombre encorvado, «cuyo pelo no es como el de los otros, cuyo cuerpo no es como el de los otros», que se apoya en un bastón para caminar y cuya carne tiembla. Pregunta qué hombre es ése; el cochero explica que es un anciano y que todos los hombres de la tierra serán como él. Siddhartha, inquieto, da orden de volver inmediatamente, pero en otra salida ve a un hombre que devora la fiebre, lleno de lepra y de úlceras; el cochero explica que es un enfermo y que nadie está exento de ese peligro. En otra

[1] Este sueño es, para nosotros, una mera fealdad. No así para los hindúes; el elefante, animal doméstico, es símbolo de mansedumbre; la multiplicación de colmillos no puede incomodar a los espectadores de un arte que, para sugerir que Dios es el todo, labra figuras de múltiples brazos y caras; el seis es número habitual (seis vías de la transmigración; seis Buddhas anteriores al Buddha; seis puntos cardinales, contando el cenit y el nadir; seis divinidades que el Yajurveda llama las seis puertas de Brahma).

[2] Esta metáfora puede haber sugerido a los tibetanos la invención de las máquinas de rezar, ruedas o cilindros que giran alrededor de un eje, llenas de tiras de papel enrolladas en las que se repiten palabras mágicas. Algunas son manuales; otras son como grandes molinos y las mueve el agua o el viento.

salida ve a un hombre que llevan en un féretro; ese hombre inmóvil es un muerto, le explican, y morir es la ley de todo el que nace. En otra salida, la última, ve a un monje de las órdenes mendicantes que no desea ni morir ni vivir. La paz está en su cara; Siddhartha ha encontrado el camino.

Hardy *(Der Buddhismus nach älteren Pali-Werken)* alabó el colorido de esta leyenda; un indólogo contemporáneo, A. Foucher, cuyo tono de burla no siempre es inteligente, o urbano, escribe que, admitida la ignorancia previa del Bodhisattva, la historia no carece de gradación dramática ni de valor filosófico. A principios del siglo V de nuestra era, el monje Fa-Hien peregrinó a los reinos del Indostán en busca de libros sagrados y vio las ruinas de la ciudad de Kapilavastu y cuatro imágenes que Asoka erigió, al norte, al sur, al este y al oeste de las murallas, para conmemorar los encuentros. A principios del siglo VII un monje cristiano redactó la novela que se titula *Barlaam y Josafat;* Josafat (Josafat, Bodhisattva) es hijo de un rey de la India; los astrólogos predicen que reinará sobre un reino mayor, que es el de la Gloria; el rey lo encierra en un palacio, pero Josafat descubre la infortunada condición de los hombres bajo las especies de un ciego, de un leproso y de un moribundo y es convertido, finalmente, a la fe por el ermitaño Barlaam. Esta versión cristiana de la leyenda fue traducida a muchos idiomas, incluso el holandés y el latín; a instancia del Hákon Hákonarson, se produjo en Islandia, a mediados del siglo XIII, una *Barlaams saga.* El cardenal César Baronio incluyó a Josafat en su revisión (1585-1590) del Martirologio romano; en 1615, Diego de Couto denunció, en su continuación de las *Décadas,* las analogías de la fingida fábula indiana con la verdadera y piadosa historia de San Josafat. Todo esto y mucho más hallará el lector en el primer volumen de *Orígenes de la novela* de Menéndez y Pelayo.

La leyenda que en tierras occidentales determinó que el Buddha fuera canonizado por Roma tenía, sin embargo, un defecto: los encuentros que postula son eficaces, pero también son increíbles. Cuatro salidas de Siddhartha y cuatro figuras didácticas no condicen con los hábitos del azar. Menos atentos a lo estético que a la conversión de la gente, los doctores quisieron justificar esta anomalía; Koeppen *(Die Religion des Buddha,* I, 82) anota que en la última forma de la leyenda, el leproso, el muerto y el monje son simulacros que las divinidades producen para instruir a Siddharta. Así, en el tercer libro de la epoyeya sánscrita *Buddhacarita,* se dice que los dioses crearon a un muerto y que ningún hombre lo vio mientras lo llevaban, fuera del cochero y del príncipe. Es una biografía legendaria del siglo XVI, las cuatro apariciones son cuatro metamorfosis de un dios (Wiéger: *Vies chinoises du Bouddha,* 37-41).

Más lejos había ido el *Lalitavistara.* De esa compilación de prosa y de verso, escrita en un sánscrito impuro, es costumbre hablar con alguna sorna; en sus páginas la historia del Redentor se infla hasta la opresión y hasta el vértigo. El Buddha, a quien rodean doce mil monjes y treinta y dos mil Bodhisattvas, revela el texto de la obra a los dioses; desde el cuarto cielo fijó el período, el continente, el reino y la casta en que renacería para morir por última vez; ochenta mil timbales acompañan las palabras de su discurso y en el cuerpo de su madre hay la fuerza de diez mil elefantes. El Buddha, en el extraño poema, dirige cada etapa de su destino; hace que las divinidades proyecten las cuatro figuras simbólicas y, cuando interroga al cochero, ya sabe quiénes son y qué significan. Foucher ve en este rasgo un mero servilismo de los autores, que no pueden tolerar que el Buddha no sepa lo que sabe un sirviente; el enigma merece, a mi entender, otra solución. El Buddha crea las imágenes y luego inquiere de un tercero el sentido que encierran. Teológicamente cabría tal vez contestar: el libro es de la escuela del Mahayana, que enseña que el Buddha temporal es emanación o reflejo de un Buddha eterno; el del cielo ordena las cosas, el de la tierra las padece o las ejecuta. (Nuestro siglo, con otra mitología o vocabulario, habla de lo inconsciente.) La humanidad del Hijo, segunda persona de Dios, pudo gritar desde la cruz: *Dios mío, Dios mío, ¿por qué me has desampa-*

rado?; la del Buddha, análogamente, pudo espantarse de las formas que había creado su propia divinidad... Para desatar el problema, no son indispensables, por lo demás, tales sutilezas dogmáticas; basta recordar que todas las religiones del Indostán y en particular el budismo enseñan que el mundo es ilusorio. *Minuciosa relación del juego* (de un Buddha) quiere decir Lalitavistara, según Winternitz; un juego o un sueño es, para el Mahayana, la vida del Buddha sobre la tierra, que es otro sueño. Siddhartha elige su nación y sus padres. Siddharta labra cuatro formas que lo colmarán de estupor. Siddhartha ordena que otra forma declare el sentido de las primeras; todo ello es razonable si lo pensamos un sueño de Siddharta. Mejor aun si lo pensamos un sueño en el que figura Siddhartha (como figuran el leproso y el monje) y que nadie sueña, porque a los ojos del budismo del Norte [3] el mundo y los prosélitos y el Nirvana y la rueda de las transmigraciones y el Buddha son igualmente irreales. Nadie se apaga en el Nirvana, leemos en un tratado famoso, porque la extinción de innumerables seres en el Nirvana es como la desaparición de una fantasmagoría que un hechicero en una encrucijada crea por artes mágicas, y en otro lugar está escrito que todo es mera vacuidad, mero nombre, y también el libro que lo declara y el hombre que lo lee. Paradójicamente, los excesos numéricos del poema quitan, no agregan, realidad; doce mil monjes y treinta y dos mil Bodhisattvas son menos concretos que *un* monje y que *un* Bodhisattva. Las vastas formas y los vastos guarismos (el capítulo XII incluye una serie de veintitrés palabras que indican la unidad seguida de un número creciente de ceros, desde 9 a 49, 51 y 53) son vastas y monstruosas burbujas, énfasis de la Nada. Lo irreal, así, ha ido agrietando la historia; primero hizo fantásticas las figuras, después al príncipe y, con el príncipe, a todas las generaciones y al universo.

A fines del siglo XIX, Oscar Wilde propuso una va-

[3] Rhys Davids proscribe esta locución que introdujo Burnouf, pero su empleo en esta frase es menos incómodo que el de Gran Travesía o Gran Vehículo, que hubieran detenido al lector.

riante; el príncipe feliz muere en la reclusión del palacio, sin haber descubierto el dolor, pero su efigie póstuma lo divisa desde lo alto del pedestal.

La cronología del Indostán es incierta; mi erudición lo es mucho más; Koeppen y Hermann Beckh son quizá tan falibles como el compilador que arriesga esta nota; no me sorprendería que mi historia de la leyenda fuera legendaria, hecha de verdad sustancial y de errores accidentales.

Para todos nosotros, la alegoría es un error estético. (Mi primer propósito fue escribir «no es otra cosa que un error de la estética», pero luego noté que mi sentencia comportaba una alegoría.) Que yo sepa, el género alegórico ha sido analizado por Schopenhauer (*Welt als Wille und Vorstellung*, I, 50), por De Quincey (*Writings*, XI, 198), por Francisco de Sanctis (*Storia della letteratura italiana*, VII), por Croce (*Estetica*, 39) y por Chesterton (*G. F. Watts*, 83); en este ensayo me limitaré a los dos últimos. Croce niega el arte alegórico, Chesterton lo vindica; opino que la razón está con aquél, pero me gustaría saber cómo pudo gozar de tanto favor una forma que nos parece injustificable.

Las palabras de Croce son cristalinas; básteme repertirlas en español: «Si el símbolo es concebido como inseparable de la intuición artística, es sinónimo de la intuición misma, que siempre tiene carácter ideal. Si el símbolo es concebido separable, si por un lado puede expresarse el símbolo y por otro la cosa simbolizada, se recae en el error intelectualista; el supuesto símbolo es la exposición de un concepto abstracto, es una alegoría, es ciencia, o arte que remeda la ciencia. Pero también debemos ser justos con lo alegórico y advertir que en algunos casos éste es innocuo. De la *Jerusalén libertada* puede extraerse cualquier moralidad; del *Adonis,* de Marino, poeta de la lascivia, la reflexión de que el placer desmesurado termina en el dolor; ante una estatua, el escultor puede colocar un cartel diciendo que ésta es la Clemencia o la Bondad. Tales alegorías agregadas a una obra conclusa, no la perjudican. Son expresiones que extrínsecamente se añaden a otras expresiones. A la *Jerusalén* se añade una página en prosa que expresa otro pensamiento del poeta; al *Adonis,* un verso o una estrofa que expresa lo que el poeta quiere dar a entender; a la estatua, la palabra *clemencia* o la palabra *bondad.*» En la página 222 del libı *La poesía* (Bari, 1946), el tono es más hostil: «La alegoría no es un modo directo de manifestación espiritual, sino una suerte de escritura o de criptografía.»

Croce no admite diferencia entre el contenido y la forma. Esta ese aquél y aquél es ésta. La alegoría le parece monstruosa porque aspira a cifrar en una forma dos contenidos: el inmediato o literal (Dante, guiado por Virgilio, llega a Beatriz), y el figurativo (el hombre finalmente llega a la fe, guiado por la razón). Juzga que esa manera de escribir comporta laboriosos enigmas.

Chesterton, para vindicar lo alegórico, empieza por negar que el lenguaje agote la expresión de la realidad. «El hombre sabe que hay en el alma tintes más desconcertantes, más innumerables y más anónimos que los colores de una selva otoñal... Cree, sin embargo, que esos tintes, en todas sus fusiones y conversiones son representables con precisión por un mecanismo arbitrario de gruñidos y de chillidos. Cree que del interior de un bolsista salen realmente ruidos que significan todos los misterios de la memoria y todas las agonías del anhelo.» Declarado insuficiente el lenguaje, hay lugar para otros; la alegoría puede ser uno de ellos, como la arquitectura o la música. Está formada de palabras, pero no es un lenguaje del lenguaje, un signo de otros signos de la virtud valerosa y de las iluminaciones secretas que indica esa palabra. Un signo más preciso que el monosílabo, más rico y más feliz.

No sé muy bien cuál de los eminentes contradictores tiene razón; sé que el arte alegórico pareció alguna vez encantador (el laberíntico *Roman de la Rose,* que perdura en doscientos manuscritos, consta de veinticuatro mil versos) y ahora es intolerable. Sentimos que, además de intolerable, es estúpido y frívolo. Ni Dante, que figuró la historia de su pasión en la *Vita nuova;* ni el romano Boecio, redactando en la torre de Pavía, a la sombra de la espada de su verdugo, el *De consolatione,* hubieran entendido ese sentimiento. ¿Cómo explicar esta discordia sin recurrir a una petición de principio sobre gustos que cambian?

Observa Coleridge que todos los hombres nacen aristotélicos o platónicos. Los últimos intuyen que las ideas son realidades; los primeros, que son generalizaciones; para éstos, el lenguaje no es otra cosa que un sistema de símbolos arbitrarios; para aquéllos, es el mapa del universo. El platónico sabe que el universo es de algún modo un cosmos, un orden; ese orden, para el aristotélico, puede ser un error o una ficción de nuestro conocimiento parcial. A través de las latitudes y de las épocas, los dos antagonistas inmortales cambian de dialecto y de nombre: uno es Parménides, Platón, Spinoza, Kant, Francis Bradley; el otro, Heráclito, Aristóteles, Locke, Hume, William James. En las arduas escuelas de la Edad Media todos invocan a Aristóteles, maestro de la humana razón (*Convivio,* IV, 2), pero los nominalistas son Aristóteles; los realistas, Platón. George Henry Lewes ha opinado que el único debate medieval que tiene algún valor filosófico es el de nominalismo y realismo; el juicio es temerario, pero destaca la importancia de esa controversia tenaz que una sentencia de Porfirio, vertida y comentada por Boecio, provocó a principios del siglo IX, que Anselmo y Roscelino mantuvieron a fines del siglo XI y que Guillermo de Occam reanimó en el siglo XIV.

Como es de suponer, tantos años multiplicaron hacia lo infinito las posiciones intermedias y los distingos; cabe, sin embargo, afirmar que para el realismo lo primordial eran los universales (Platón diría las ideas, las formas;

nosotros, los conceptos abstractos), y para el nominalismo, los individuos. La historia de la filosofía, no es un vano museo de distracciones y de juegos verbales; verosímilmente, las dos tesis corresponden a dos maneras de intuir la realidad. Maurice de Wulf escribe: «El ultrarrealismo recogió las primeras adhesiones. El cronista Heriman (siglo XI) denomina *antiqui doctores* a los que enseñan la dialéctica *in re;* Abelardo habla de ella como de una *antigua doctrina,* y hasta el fin del siglo XII se aplica a sus adversarios el nombre de *moderni.*» Una tesis ahora inconcebible pareció evidente en el siglo IX, y de algún modo perduró hasta el siglo XIV. El nominalismo, antes la novedad de unos pocos, hoy abarca a toda la gente; su victoria es tan vasta y fundamental que su nombre es inútil. Nadie se declara nominalista porque no hay quien sea otra cosa. Tratemos de entender, sin embargo, que para los hombres de la Edad Media lo sustantivo no eran los hombres sino la humanidad, no los individuos sino la especie, no las especies sino el género, no los géneros sino Dios. De tales conceptos (cuya más clara manifestación es quizá el cuádruple sistema de Erígena) ha procedido, a mi entender, la literatura alegórica. Esta es fábula de abstracciones, como la novela lo es de individuos. Las abstracciones están personificadas; por eso, en toda alegoría hay algo novelístico. Los individuos que los novelistas proponen aspiran a genéricos (Dupin es la Razón, Don Segundo Sombra es el Gaucho); en las novelas hay un elemento alegórico.

El pasaje de alegoría a novela, de especies a individuos, de realismo a nominalismo, requirió algunos siglos, pero me atrevo a sugerir una fecha ideal. Aquel día de 1382 en que Geoffrey Chaucer, que tal vez no se creía nominalista, quiso traducir al inglés el verso de Boccaccio *E con gli occulti ferri i Tradimenti* («Y con hierros ocultos las Traiciones»), y lo repitió de este modo: *The smyler with the knyf under the cloke* («El que sonríe, con el cuchillo bajo la capa»). El original está en el séptimo libro de la *Teseida;* la versión inglesa, en el *Knight's Tale.*

Buenos Aires, 1949.

Nota sobre (hacia) Bernard Shaw

A fines del siglo XIII, Raimundo Lulio (Ramón Lull) se aprestó a resolver todos los arcanos mediante una armazón de discos concéntricos, desiguales y giratorios, subdivididos en sectores con palabras latinas; John Stuart Mill, a principios del XIX, temió que se agotara algún día el número de combinaciones musicales y no hubiera lugar en el porvenir para indefinidos Webers y Mozarts; Kurd Lasswitz, a fines del XIX, jugó con la abrumadora fantasía de una biblioteca universal, que registrara todas las variaciones de los veintitantos símbolos ortográficos, o sea, cuanto es dable expresar, en todas las lenguas. La máquina de Lulio, el temor de Mill y la caótica biblioteca de Lasswitz pueden ser materia de burlas, pero exageran una propensión que es común: hacer de la metafísica y de las artes, una suerte de juego combinatorio. Quienes practican ese juego olvidan que un libro es más que una estructura verbal, o que una serie de estructuras verbales; es el diálogo que entabla con su lector y la entonación que impone a su voz y las cambiantes y durables imágenes que deja en su memoria. Ese diálogo es infinito; las palabras *amica silentia lunae* significan ahora la luna íntima, silenciosa y luciente, y en la Eneida significaron el interlunio, la oscuridad que permitió a los griegos entrar en la ciudadela de Troya... [1] La literatura no es agotable, por la suficiente y simple razón de que un solo libro no lo es. El libro no es un ente incomunicado: es una relación, es un eje de innumerables relaciones. Una literatura difiere de otra, ulterior o anterior, menos por el texto que por la manera de ser leída: si me fuera otorgado leer cualquier página actual —ésta, por ejemplo— como la leerán el año dos mil, yo sabría cómo será la literatura el año dos mil. La concepción de la literatura como juego formal conduce, en el mejor de los casos, al buen trabajo del período y de la estrofa, a un decoro artesano (Johnson, Renan, Flaubert), y en el peor a las incomodidades de una obra hecha de sorpresas dictadas por la vanidad y el azar (Gracián, Herrera Reissig).

Si la literatura no fuera más que un álgebra verbal, cualquiera podría producir cualquier libro, a fuerza de ensayar variaciones. La lapidaria fórmula *Todo fluye* abrevia en dos palabras la filosofía de Heráclito: Raimundo Lulio nos diría que, dada la primera, basta ensayar los verbos intransitivos para descubrir la segunda y obtener, gracias al metódico azar, esa filosofía, y otras muchísimas. Cabría responder que la fórmula obtenida por eliminación, carecería de valor y hasta de sentido; para que tenga alguna virtud debemos concebirla en función de Heráclito, en función de una experiencia de Heráclito, aunque «Heráclito» no sea otra cosa que el presumible sujeto de esa experiencia. He dicho que un libro es un diálogo, una forma de relación; en el diálogo, un interlocutor no es la suma o

[1] Así las interpretaron Milton y Dante, a juzgar por ciertos pasajes que parecen imitativos. En la *Comedia (Infierno,* I, 60; V, 28) tenemos: *d'ogni luce muto* y *dove il sol tace* para significar lugares oscuros; en el *Samson Agonistes* (86-89):

> *The Sun to me is dark*
> *And silent as the Moon,*
> *When she deserts the night*
> *Hid in her vacant interlunar cave.*

Cf. E. M. W. Tillyard: *The Miltonic Setting,* 101.

promedio de lo que dice: puede no hablar y traslucir que es inteligente, puede emitir observaciones inteligentes y traslucir estupidez. Con la literatura ocurre lo mismo; d'Artagnan ejecuta hazañas innúmeras y Don Quijote es apaleado y escarnecido, pero el valor de Don Quijote se siente más. Lo anterior nos conduce a un problema estético no planteado hasta ahora: ¿Puede un autor crear personajes superiores a él? Yo respondería que no y en esa negación abarcaría lo intelectual y lo moral. Pienso que de nosotros no saldrán criaturas más lúcidas o más nobles que nuestros mejores momentos. En ese parecer fundo mi convicción de la preeminencia de Shaw. Los problemas gremiales y municipales de las primeras obras perderán su interés, o ya la perdieron; las bromas de los *Pleasant Plays* corren el albur de ser, algún día, no menos incómodas que las de Shakespeare (el humorismo es, lo sospecho, un género oral, un súbito favor de la conversación, no una cosa escrita); las ideas que declaran los prólogos y las elocuentes tiradas se buscarán en Schopenhauer y en Samuel Butler [2]; pero Lavinia, Blanco Posnet, Keegan, Shotover Richard Dudgeon, y, sobre todo, Julio César, exceden a cualquier personaje imaginado por el arte de nuestro tiempo. Pensar a Monsieur Teste junto a ellos o al histriónico Zarathustra de Nietzsche es intuir con asombro y aun con escándalo la primacía de Shaw. En 1911, Albert Soergel pudo escribir, repitiendo un lugar común de la época, «Bernard Shaw es un aniquilador del concepto heroico, un matador de héroes» *(Dichtung und Dichter der Zeit,* 214): no comprendía que lo heroico prescindiera de lo romántico y se encarnara en el capitán Bluntschli de *Arms and the Man,* no en Sergio Saránoff.

La biografía de Bernard Shaw por Frank Harris encierra una admirable carta de aquél, de la que copio estas

[2] También en Swedenborg. En *Man and Superman* se lee que el Infierno no es un establecimiento penal, sino un estado que los pecadores muertos eligen, por razones de íntima afinidad, como los bienaventurados el Cielo; el tratado *De Coelo et Inferno,* de Swedenborg, publicado en 1758, expone la misma doctrina.

palabras: «Yo comprendo todo y a todos y soy nada y soy nadie.» De esa nada (tan comparable a la de Dios antes de crear el mundo, tan comparable a la divinidad primordial que otro irlandés, Juan Escoto Erígena, llamó *Nihil*), Bernard Shaw dedujo casi innumerables personas, o *dramatis personae:* la más efímera será, lo sospecho, aquel G. B. S. que lo representó ante la gente y que prodigó en las columnas de los periódicos tantas fáciles agudezas.

Los temas fundamentales de Shaw son la filosofía y la ética: es natural e inevitable que no sea valorado en este país, o que lo sea únicamente en función de algunos epigramas. El argentino siente que el universo no es otra cosa que una manifestación del azar, que el fortuito concurso de átomos de Demócrito; la filosofía no le interesa. La ética tampoco: lo social se reduce, para él, a un conflicto de individuos o de clases o de naciones, en el que todo es lícito, salvo ser escarnecido o vencido.

El carácter del hombre y sus variaciones son el tema esencial de la novela de nuestro tiempo; la lírica es la complaciente magnificación de venturas o desventuras amorosas; las filosofías de Heidegger y de Jaspers hacen de cada uno de nosotros el interesante interlocutor de un diálogo secreto y continuo con la nada o con la divinidad; estas disciplinas, que formalmente pueden ser admirables, fomentan esa ilusión del yo que el Vedanta reprueba como error capital. Suelen jugar a la desesperación y a la angustia, pero en el fondo halagan la vanidad; son, en tal sentido, inmorales. La obra de Shaw, en cambio, deja un sabor de liberación. El sabor de las doctrinas del Pórtico y el sabor de las sagas.

Buenos Aires, 1951.

Historia de los ecos de un nombre

Aislados en el tiempo y en el espacio, un dios, un sueño y un hombre que está loco, y que no lo ignora, repiten una oscura declaración; referir y pesar esas palabras, y sus dos ecos, es el fin de esta página.

La lección original es famosa. La registra el capítulo tercero del segundo libro de Moisés, llamado *Exodo*. Leemos ahí que el pastor de ovejas, Moisés, autor y protagonista del libro, preguntó a Dios Su Nombre y Aquél le dijo: *Soy El Que Soy*. Antes de examinar estas misteriosas palabras quizá no huelgue recordar que para el pensamiento mágico, o primitivo, los nombres no son símbolos arbitrarios, sino parte vital de lo que definen [1]. Así, los aborígenes de Australia reciben nombres secretos que no deben oír los individuos de la tribu vecina. Entre los antiguos egipcios prevaleció una costumbre análoga, cada persona recibía dos nombres: el nombre pequeño que era de todos conocido, y el nombre verdadero o gran nombre, que se tenía oculto. Según la literatura

[1] Uno de los diálogos platónicos, el *Cratilo*, discute y parece negar una conexión necesaria de las palabras y las cosas.

funeraria, son muchos los peligros que corre el alma después de la muerte del cuerpo; olvidar su nombre (perder su identidad personal) es acaso el mayor. También importa conocer los verdaderos nombres de los dioses, de los demonios y de las puertas del otro mundo [2]. Escribe Jacques Vandier: «Basta saber el nombre de una divinidad o de una criatura divinizada para tenerla en su poder» (*La religion égyptienne,* 1949). Parejamente, De Quincey nos recuerda que era secreto el verdadero nombre de Roma; en los últimos días de la República, Quinto Valerio Sorano cometió el sacrilegio de revelarlo, y murió ejecutado...

El salvaje oculta su nombre para que a éste no lo sometan a operaciones mágicas, que podrían matar, enloquecer o esclavizar a su poseedor. En los conceptos de calumnia y de injuria perdura esta superstición, o su sombra; no toleramos que al sonido de nuestro nombre se vinculen ciertas palabras. Mauthner ha analizado y ha fustigado este hábito mental.

Moisés preguntó al Señor cuál era Su nombre: no se trataba, lo hemos visto, de una curiosidad de orden filológico, sino de averiguar quién era Dios, o más precisamente, qué era. (En el siglo IX Erígena escribiría que Dios no sabe quien es ni que es, porque no es un qué ni es un quién.)

¿Qué interpretaciones ha suscitado la tremenda contestación que escuchó Moisés? Según la teología cristiana, *Soy El Que Soy* declara que sólo Dios existe realmente o, como enseñó el Maggid de Mesritch, que la palabra *yo* sólo puede ser pronunciada por Dios. La doctrina de Spinoza, que hace de la extensión y del pensamiento meros atributos de una sustancia eterna, que es Dios, bien puede ser una magnificación de esta idea: «Dios sí existe; nosotros somos los que no existimos», escribió un mejicano, análogamente.

Según esta primera interpretación, *Soy El Que Soy,* es

[2] Los gnósticos heredaron o redescubrieron esta singular opinión. Se formó así un vasto vocabulario de nombres propios, que Basílides (según Ireneo) redujo a la palabra cacofónica o cíclica Kaulakau, suerte de llave universal de todos los cielos.

una afirmación ontológica. Otros han entendido que la respuesta elude la pregunta; Dios no dice quién es, porque ello excedería la comprensión de su interlocutor humano. Martín Buber indica que *Ehych asher ehych* puede traducirse también por *Soy el que seré* o por *Yo estaré dónde yo estaré*. Moisés, a manera de los hechiceros egipcios, habría preguntado a Dios cómo se llamaba para tenerlo en su poder; Dios le habría contestado, de hecho: *Hoy converso contigo, pero mañana puedo revestir cualquier forma, y también las formas de la presión, de la injusticia y de la adversidad*. Eso leemos en el *Gog und Mogog*[3].

Multiplicado por las lenguas humanas —*Ich bin der ich bin, Ego sum qui sum, I am that I am*—, el sentencioso nombre de Dios, el nombre que a despecho de constar de muchas palabras, es más impenetrable y más firme que los que constan de una sola, creció y reverberó por los siglos, hasta que en 1602 William Shakespeare escribió una comedia. En esta comedia entrevemos, asaz lateralmente, a un soldado fanfarrón y cobarde, a un *miles gloriosus*, que ha logrado, a favor de una estratagema, ser ascendido a capitán. La trampa se descubre, el hombre es degradado públicamente y entonces Shakespeare interviene y le pone en la boca palabras que reflejan, como en un espejo caído, aquellas otras que la divinidad dijo en la montaña: *Ya no seré capitán, pero he de comer y beber y dormir como un capitán; esta cosa que soy me hará vivir*. Así habla Parolles y bruscamente deja de ser un personaje convencional de la farsa cómica y es un hombre y todos los hombres.

La última versión se produjo hacia mil setecientos cuarenta y tantos, en uno de los años que duró la larga agonía de Swift y que acaso fueron para él un solo instante insoportable, una forma de la eternidad del infierno. De inteligencia glacial y de odio glacial había vivido Swift, pero siempre lo fascinó la idiotez (como fascinaría a

[3] Buber (*Was ist der Mensch?*, 1938) escribe que vivir es penetrar en una extraña habitación del espíritu, cuyo piso es el tablero en el que jugamos un juego inevitable y desconocido contra un adversario cambiante y a veces espantoso.

Flaubert), tal vez porque sabía que en el confín la locura estaba esperándolo. En la tercera parte de *Gulliver* imaginó con minucioso aborrecimiento una estirpe de hombres decrépitos e inmortales, entregados a débiles apetitos que no pueden satisfacer, incapaces de conversar con sus semejantes, porque el curso del tiempo ha modificado el lenguaje, y de leer, porque la memoria no les alcanza de un renglón a otro. Cabe sospechar que Swift imaginó este horror porque lo temía, o acaso para conjurarlo mágicamente. En 1717 había dicho a Young, el de los *Night Thoughts:* «Soy como ese árbol; empezaré a morir por la copa.» Más que en la sucesión de sus días, Swift perdura para nosotros en unas pocas frases terribles. Este carácter sentencioso y sombrío se extiende a veces a lo dicho sobre él, como si quienes lo juzgaran no quisieran ser menos. «Pensar en él es como pensar en la ruina de un gran imperio», ha escrito Thackeray. Nada tan patético, sin embargo, como su aplicación de las misteriosas palabras de Dios.

La sordera, el vértigo, el temor de la locura y finalmente la idiotez, agravaron y fueron profundizando la melancolía de Swift. Empezó a perder la memoria. No quería usar anteojos, no podía leer y ya era incapaz de escribir. Suplicaba todos los días a Dios que le enviara la muerte. Y una tarde, viejo y loco y ya moribundo, le oyeron repetir, no sabemos si con resignación, con desesperación, o como quien se afirma y se ancla en su íntima esencia invulnerable: *Soy lo que soy, soy lo que soy.*

Seré una desventura, pero soy, habrá sentido Swift, y también *Soy una parte del universo, tan inevitable y necesaria como las otras,* y también *Soy lo que Dios quiere que sea, soy lo que me han hecho las leyes universales,* y acaso *Ser es ser todo.*

Aquí se acaba la historia de la sentencia; básteme agregar, a modo de epílogo, las palabras que Schopenhauer dijo, ya cerca de la muerte, a Eduard Grisebach: «Si a veces me he creído desdichado, ello se debe a una confusión, a un error. Me he tomado por otro, verbigracia, por un suplente que no puede llegar a titular, o por el acusado en un proceso por difamación, o por el enamorado a quien esa muchacha desdeña, o por el enfermo que no puede salir de su casa, o por otras personas que adolecen de análogas miserias. No he sido esas personas; ello, a lo sumo, ha sido la tela de trajes que he vestido y que he desechado. ¿Quién soy realmente? Soy el autor de *El mundo como voluntad y como representación,* soy el que ha dado una respuesta al enigma del Ser, que ocupará a los pensadores de los siglos futuros. Ese soy yo, ¿y quién podría discutirlo en los años que aún me quedan de vida?» Precisamente por haber escrito *El mundo como voluntad y como representación,* Schopenhauer sabía muy bien que ser un pensador es tan ilusorio como ser un enfermo o un desdeñado y que él era otra cosa, profundamente. Otra cosa: la voluntad, la oscura raíz de Parolles, la cosa que era Swift.

El pudor de la historia

El 20 de septiembre de 1792, Johann Wolfgang von Goethe (que había acompañado al duque de Weimar en un paseo militar a París) vio al primer ejército de Europa inexplicablemente rechazado en Valmy por unas milicias francesas y dijo a sus desconcertados amigos: *En este lugar y el día de hoy, se abre una época en la historia del mundo y podemos decir que hemos asistido a su origen.* Desde aquel día han abundado las jornadas históricas y una de las tareas de los gobiernos (singularmente en Italia, Alemania y Rusia) ha sido fabricarlas o simularlas, con acopio de previa propaganda y de persistente publicidad. Tales jornadas, en las que se advierte el influjo de Cecil B. de Mille, tienen menos relación con la historia que con el periodismo: yo he sospechado que la historia, la verdadera historia, es más pudorosa y que sus fechas esenciales pueden ser, asimismo, durante largo tiempo, secretas. Un prosista chino ha observado que el unicornio, en razón misma de lo anómalo que es, ha de pasar inadvertido. Los ojos ven lo que están habituados a ver. Tácito no percibió la Crucifixión, aunque la registra su libro.

A esta reflexión me condujo una frase casual que entreví al hojear una historia de la literatura griega y que me interesó, por ser ligeramente enigmática. He aquí la frase: *He brought in a second actor* (Trajo a un segundo actor). Me detuve, comprobé que el sujeto de esa misteriosa acción era Esquilo y que éste, según se lee en el cuarto capítulo de la *Poética* de Aristóteles, «elevó de uno a dos el número de los actores». Es sabido que el drama nació de la religión de Dionisio; originalmente, un solo actor, el *hipócrita,* elevado por el coturno, trajeado de negro o de púrpura y agrandada la cara por una máscara, compartía la escena con los doce individuos del coro. El drama era una de las ceremonias del culto y, como todo lo ritual, corrió alguna vez el albur de ser invariable. Esto pudo ocurrir pero un día, quinientos años antes de la era cristiana, los atenienses vieron con maravilla y tal vez con escándalo (Víctor Hugo ha conjeturado lo último) la no anunciada aparición de un segundo actor. En aquel día de una primavera remota, en aquel teatro del color de la miel, ¿qué pensaron, qué sintieron exactamente? Acaso ni estupor ni escándalo; acaso, apenas, un principio de asombro. En las *Tusculanas* consta que Esquilo ingresó en la orden pitagórica, pero nunca sabremos si presintió, siquiera de un modo imperfecto, lo significativo de aquel pasaje del uno al dos, de la unidad a la pluralidad y así a lo infinito. Con el segundo actor entraron el diálogo y las indefinidas posibilidades de la reacción de unos caracteres sobre otros. Un espectador profético hubiera visto que multitudes de apariencias futuras lo acompañaban: Hamlet y Fausto y Segismundo y Macbeth y Peer Gynt, y otros que, todavía, no pueden discernir nuestros ojos.

Otra jornada histórica he descubierto en el curso de mis lecturas. Ocurrió en Islandia, en el siglo XIII de nuestra era; digamos, en 1225. Para enseñanza de futuras generaciones, el historiador y polígrafo Snorri Sturlason, en su finca de Borgarfjord, escribía la última empresa del famoso rey Harald Sigurdarson, llamado el Implacable (Hardrada), que antes había militado en Bizancio, en Italia y en Africa. Tostig, hermano del rey sajón de

Inglaterra, Harold Hijo de Godwin, codiciaba el poder y había conseguido el apoyo de Harald Sigurdarson. Con un ejército noruego desembarcaron en la costa oriental y rindieron el castillo de Jorvik (York). Al sur de Jorvik los enfrentó el ejército sajón. Declarados los hechos anteriores, el texto de Snorri prosigue: «Veinte jinetes se allegaron a las filas del invasor; los hombres, y también los caballos, estaban revestidos de hierro. Uno de los jinetes gritó:

—¿Está aquí el conde Tostig?

—No niego estar aquí —dijo el conde.

—Si verdaderamente eres Tostig —dijo el jinete— vengo a decirte que tu hermano te ofrece su perdón y una tercera parte del reino.

—Si acepto —dijo Tostig—, ¿qué dará el rey a Harald Sigurdarson?

—No se ha olvidado de él —contestó el jinete—. Le dará seis pies de tierra inglesa y, ya que es tan alto, uno más.

—Entonces —dijo Tostig— dile a tu rey que pelearemos hasta morir.

Los jinetes se fueron. Harald Sigurdarson preguntó, pensativo:

—¿Quién era ese caballero que habló tan bien?

—Harold Hijo de Godwin.»

Otros capítulos refieren que antes que declinara el sol de ese día el ejército noruego fue derrotado. Harald Sigurdarson pereció en la batalla y también el conde (*Heimskringla,* X, 92).

Hay un sabor que nuestro tiempo (hastiado, acaso, por las torpes imitaciones de los profesionales del patriotismo) no suele percibir sin algún recelo: el elemental sabor de lo heroico. Me aseguran que el *Poema del Cid* encierra ese sabor; yo lo he sentido, inconfundible, en versos de la *Eneida* («Hijo, aprende de mí, valor y verdadera firmeza; de otros, el éxito»), en la balada anglosajona de Maldon («Mi pueblo pagará el tributo con lanzas y con viejas espadas»), en la *Canción de Rolando,* en Víctor Hugo, en Whitman y en Faulkner («la alhucema, más fuerte que el olor de los caballos y del coraje»), en el *Epitafio para un ejército de mercenarios* de Housman, y en los «seis pies de tierra inglesa» de la *Heimskringla*. Detrás de la aparente simplicidad del historiador hay un delicado juego psicológico. Harold finge no reconocer a su hermano, para que éste, a su vez, advierta que no debe reconocerlo; Tostig no lo traiciona, pero no traicionará tampoco a su aliado; Harold, listo a perdonar a su hermano, pero no a tolerar la intromisión del rey de Noruega, obra de una manera muy comprensible. Nada diré de la destreza verbal de su contestación: dar una tercera parte del reino, dar seis pies de tierra [1].

Una sola cosa hay más admirable que la admirable respuesta del rey sajón: la circunstancia de que sea un irlandés, un hombre de la sangre de los vecinos, quien la haya perpetuado. Es como si un cartaginés nos hubiera legado la memoria de la hazaña de Régulo. Con razón escribió Saxo Gramático en sus *Gesta Danorum:* «A los hombres de Thule (Islandia) les deleita aprender y registrar la historia de todos los pueblos y no tienen por menos glorioso publicar las excelencias ajenas que las propias.»

No el día en que el sajón dijo sus palabras, sino aquel en que un enemigo las perpetuó marca una fecha histórica. Una fecha profética de algo que aún está en el futuro: el olvido de sangres y de naciones, la solidaridad del género humano. La oferta debe su virtud al concepto de patria; Snorri, por el hecho de referirla, lo supera y trasciende.

Otro tributo a un enemigo recuerdo en los capítulos últimos de los *Seven pillars of Wisdom* de Lawrence; éste alaba el valor de un destacamento alemán y escribe estas palabras: «Entonces, por primera vez en esa campaña, me enorgullecí de los hombres que habían matado a mis hermanos.» Y agrega después: «*They were glorious.*»

Buenos Aires, 1952.

[1] Carlyle (*Early Kings of Norway,* XI) desbarata, con una desdichada adición, esta economía. A los seis pies de tierra inglesa, agrega *for a grave* («para sepultura»).

Nueva refutación del tiempo

Vor mir war keine Zeit, nach mïr wird keine seyn,
Mit mir gebiert sie sich, mit mir geht sie auch ein,
Daniel von Czepko: *Sexcenta monodisticha sapientum,* III (1655)

PROLOGO

Publicada al promediar el siglo XVIII, esta refutación (o su nombre) perduraría en las bibliografías de Hume y acaso hubiera merecido una línea de Huxley o de Kemp Smith. Publicada en 1947 —después de Bergson—, es la anacrónica reductio ad absurdum *de un sistema pretérito o, lo que es peor, el débil artificio de un argentino extraviado en la metafísica. Ambas conjeturas son verosímiles y quizá verdaderas; para corregirlas, no puedo prometer, a trueque de mi dialéctica rudimentaria, una conclusión inaudita. La tesis que propalaré es tan antigua como la flecha de Zenón o como el carro del rey griego, en el* Milinda Pañha; *la novedad, si la hay, consiste en aplicar a ese fin el clásico instrumento de Berkeley. Este y su continuador David Hume abundan en párrafos que contradicen o que excluyen mi tesis; creo haber deducido, no obstante, la consecuencia inevitable de su doctrina.*

El primer artículo (A) *es de 1944 y apareció en el número* 115 *de la revista* Sur; *el segundo, de 1946, es una revisión del primero. Deliberadamente, no hice de los dos uno solo, por entender que la lectura de dos textos análogos puede facilitar la comprensión de una materia indócil.*

Una palabra sobre el título. No se me oculta que éste es un ejemplo del monstruo que los lógicos han denominado contradictio in adjecto, *porque decir que es nueva (o antigua) una refutación del tiempo es atribuirle un predicado de índole temporal, que instaura la noción que el sujeto quiere destruir. Lo dejo, sin embargo, para que su ligerísima burla pruebe que no exagero la importancia de estos juegos verbales. Por lo demás, tan saturado y animado de tiempo está nuestro lenguaje que es muy posible que no haya en estas hojas una sentencia que de algún modo no lo exija o lo invoque.*

Dedico estos ejercicios a mi ascendiente Juan Crisóstomo Lafinur (1797-1824), que ha dejado a las letras argentinas algún endecasílabo memorable y que trató de reformar la enseñanza de la filosofía, purificándola de sombras teológicas y exponiendo en la cátedra los principios de Locke y de Condillac. Murió en el destierro; le tocaron, como a todos los hombres, malos tiempos en que vivir.

J. L. B.

Buenos Aires, 23 de diciembre de 1946.

A

I

En el decurso de una vida consagrada a las letras y (alguna vez) a la perplejidad metafísica, he divisado o presentido una refutación del tiempo, de la que yo mismo descreo, pero que suele visitarme en las noches y en el fatigado crepúsculo, con ilusoria fuerza de axioma. Esa refutación está de algún modo en todos mis libros: la prefiguran los poemas *Inscripción en cualquier sepulcro* y *El truco*, de mi *Fervor de Buenos Aires* (1923); la declaran dos artículos de *Inquisiciones* (1925), la página 46 de *Evaristo Carriego* (1930), el relato *Sentirse en muerte* de mi *Historia de la eternidad* (1936), la nota de la página 24 de *El jardín de senderos que se bifurcan* (1942). Ninguno de los textos que he enumerado me satisface, ni siquiera el penúltimo de la serie, menos demostrativo y razonado que adivinatorio y patético. A todos ellos procuraré fundamentarlos con este escrito.

Dos argumentos me abocaron a esa refutación: el idealismo de Berkeley, el principio de los indiscernibles, de Leibniz.

Berkeley *(Principles of human knowledge,* 3) observó: «Todos admitirán que ni nuestros pensamientos ni nuestras pasiones ni las ideas formadas por nuestra imaginación existen sin la mente. No menos claro es para mí que las diversas sensaciones, o ideas impresas en los sentidos, de cualquier modo que se combinen *(id est,* cualquiera sea el objeto que formen), no pueden existir más que en una mente que las perciba... Afirmo que esta mesa existe; es decir, la veo y la toco. Si al estar fuera de mi escritorio, afirmo lo mismo, sólo quiero decir que si estuviera aquí la percibiría, o que la percibe algún otro espíritu... Hablar de la existencia absoluta de cosas inanimadas, sin relación al hecho de si las perciben o no, es para mí insensato. Su *esse* es *percipi;* no es posible que existan fuera de las mentes que las perciben.» En el párrafo 23 agregó, previniendo objeciones: «Pero, se dirá, nada es más fácil que imaginar árboles en un prado o libros en una biblioteca, y nadie cerca de ellos que los percibe. En efecto, nada es más fácil. Pero, os pregunto, ¿qué habéis hecho sino formar en la mente algunas ideas que llamáis *libros* o *árboles* y omitir al mismo tiempo la idea de alguien que los percibe? Vosotros, mientras tanto, ¿no lo pensabais? No niego que la mente sea capaz de imaginar ideas; niego que los objetos puedan existir fuera de la mente.» En otro párrafo, el número 6, ya había declarado: «Hay verdades tan claras que para verlas nos basta abrir los ojos. Una de ellas es la importante verdad: Todo el coro del cielo y los aditamentos de la tierra —todos los cuerpos que componen la poderosa fábrica del universo— no existen fuera de una mente; no tienen otro ser que ser percibidos; no existen cuando no los pensamos, o sólo existen en la mente de un Espíritu Eterno.»

Tal es, en las palabras de su invento, la doctrina idealista. Comprenderla es fácil; lo difícil es pensar dentro de su límite. El mismo Schopenhauer, al exponerla, comete negligencias culpables. En las primeras líneas del primer libro de su *Welt als Wille und Vorstellung* —año de 1819— formula esta declaración que lo hace acreedor a la imperecedera perplejidad de todos los hombres: «El mundo es mi representación. El hombre que confiesa esta verdad sabe claramente que no conoce un sol ni una tierra, sino tan sólo unos ojos que ven un sol y una mano que siente el contacto de una tierra.» Es decir, para el idealista Schopenhauer los ojos y la mano del hombre son menos ilusorios o aparenciales que la tierra y el sol. En 1844, publica un tomo complementario. En su primer capítulo redescubre y agrava el antiguo error: define el universo como un fenómeno cerebral y distingue «el mundo en la cabeza» del «mundo fuera de la cabeza». Berkeley, sin embargo, le habrá hecho decir a Philonous en 1713: «El cerebro de que hablas, siendo una cosa sensible, sólo puede existir en la mente. Yo querría saber si te parece razonable la conjetura de que una idea o cosa en la mente ocasiona todas las otras. Si contestas que sí, ¿cómo explicarás el origen de esa idea primaria o cerebro?» Al dualismo o cerebrismo de Schopenhauer, también es justo contraponer el monismo de Spiller. Este (*The mind of man,* capítulo VIII, 1902) arguye que la retina y la superficie cutánea invocadas para explicar lo visual y lo táctil son, a su vez, dos sistemas táctiles y visuales y que el aposento que vemos (el «objetivo») no es mayor que el imaginado (el «cerebral») y no lo contiene, ya que se trata de dos sistemas visuales independientes. Berkeley (*Principles of human knowledge,* 10 y 116) negó asimismo las cualidades primarias —la solidez y la extensión de las cosas— y el espacio absoluto.

Berkeley afirmó la existencia continua de los objetos, ya que cuando algún individuo no los percibe, Dios los percibe; Hume, con más lógica, la niega (*Treatise of human nature,* I, 4, 2). Berkeley afirmó la identidad personal, «pues yo no meramente soy mis ideas, sino otra cosa: un principio activo y pensante» (*Dialogues,* 3); Hume, el escéptico, la refuta y hace de cada hombre «una colección o atadura de percepciones, que se suceden unas a otras con inconcebible rapidez» (*ob. cit.*, I, 4, 6). Ambos afirman el tiempo: para Berkeley, es «la sucesión de ideas que fluye uniformemente y de la que todos los seres participan» (*Principles of human knowledge,* 98); para Hume, «una sucesión de momentos indivisibles» (*ob. cit.*, I, 2, 2).

He acumulado transcripciones de los apologistas del idealismo, he prodigado sus pasajes canónicos, he sido iterativo y explícito, he censurado a Schopenhauer (no sin ingratitud), para que mi lector vaya penetrando en ese inestable mundo mental. Un mundo de impresiones evanescentes; un mundo sin materia ni espíritu, ni objetivo ni subjetivo; un mundo sin la arquitectura ideal del espacio; un mundo hecho de tiempo, del absoluto tiempo uniforme de los *Principia;* un laberinto infatigable, un caos, un sueño. A esa casi perfecta disgregación llegó David Hume.

Admitido el argumento idealista, entiendo que es posible —tal vez, inevitable— ir más lejos. Para Hume no es lícito hablar de la forma de la luna o de su color; la forma y el color *son* la luna; tampoco puede hablarse de las percepciones de la mente, ya que la mente no es otra cosa que una serie de percepciones. El *pienso, luego soy* cartesiano queda invalidado; decir *pienso es postular* el yo, es una petición de principio; Lichtenberg, en el siglo XVIII, propuso que en lugar de *pienso,* dijéramos impersonalmente *piensa,* como quien dice *truena* o *relampaguea.* Lo repito: no hay detrás de las caras un yo secreto, que gobierna los actos y que recibe las impresiones; somos únicamente la serie de esos actos imaginarios y de esas impresiones errantes. ¿La serie? Negados el espíritu y la materia, que son continuidades, negado también el espacio, no sé qué derecho tenemos a esa continuidad que es el tiempo. Imaginemos un presente cualquiera. En una de las noches del Misisipí, Huckleberry Finn se despierta; la balsa, perdida en la tiniebla parcial, prosigue río abajo; hace tal vez un poco de frío. Huckleberry Finn reconoce el manso ruido infatigable del agua; abre con negligencia los ojos; ve un vago número de estrellas, ve una raya indistinta que son los árboles; luego, se hunde en el sueño inmemorable como en un agua oscura [1]. La metafísica idealista declara que añadir a esas percepciones una substancia material (el objeto) y una substancia espiritual (el sujeto) es aventurado e inútil; yo afirmo que no menos ilógico es pensar que son términos de una serie cuyo principio es tan inconcebible como su fin. Agregar al río y a la ribera percibidos por Huck la noción de otro río substantivo de otra ribera, agregar otra percepción a esa red inmediata de percepciones, es, para el idealismo, injustificable; para mí, no es menos injustificable agregar una precisión cronológica: el hecho, por ejemplo, de que lo anterior ocurrió la noche del 7 de junio de 1849, entre las cuatro y diez y las cuatro y once. Dicho sea con otras palabras: niego, con argumentos del

[1] Para facilidad del lector he elegido un instante entre dos sueños, un instante literario, no histórico. Si alguien sospecha una falacia, puede intercalar otro ejemplo; de su vida, si quiere.

idealismo, la vasta serie temporal que el idealismo admite. Hume ha negado la existencia de un espacio absoluto, en el que tiene su lugar cada cosa; yo, la de un solo tiempo, en el que se eslabonan todos los hechos. Negar la coexistencia no es menos arduo que negar la sucesión.

Niego, en un número elevado de casos, lo sucesivo; niego, en un número elevado de casos, lo contemporáneo también. El amante que piensa *Mientras yo estaba tan feliz, pensando en la fidelidad de mi amor, ella me engañaba,* se engaña: si cada estado que vivimos es absoluto, esa felicidad no fue contemporánea de esa traición; el descubrimiento de esa traición es un estado más, inapto para modificar a los «anteriores», aunque no a su recuerdo. La desventura de hoy no es más real que la dicha pretérita. Busco un ejemplo más concreto. A principios de agosto de 1824, el capitán Isidoro Suárez, a la cabeza de un escuadrón de Húsares del Perú, decidió la victoria de Junín; a principios de agosto de 1824, De Quincey publicó una diatriba contra *Wilhelm Meisters Lehrjahre;* tales hechos no fueron contemporáneos (ahora lo son), ya que los dos hombres murieron, aquél en la ciudad de Montevideo, éste en Edimburgo, sin saber nada el uno del otro... Cada instante es autónomo. Ni la venganza ni el perdón ni las cárceles ni siquiera el olvido pueden modificar el invulnerable pasado. No menos vanos me parecen la esperanza y el miedo, que siempre se refieren a hechos futuros; es decir, a hechos que no nos ocurrirán a nosotros, que somos el minucioso presente. Me dicen que el presente, el *specious present* de los psicólogos, dura entre unos segundos y una minúscula fracción de segundo; eso dura la historia del universo. Mejor dicho, no hay esa historia, como no hay la vida de un hombre, ni siquiera una de sus noches; cada momento que vivimos existe, no su imaginario conjunto. El universo, la suma de todos los hechos, es una colección no menos ideal que la de todos los caballos con que Shakespeare soñó —¿uno, muchos, ninguno?— entre 1592 y 1594. Agrego: si el tiempo es un proceso mental, ¿cómo pueden compartirlo millares de hombres, o aun dos hombres distintos?

El argumento de los párrafos anteriores, interrumpido y como entorpecido de ejemplos, puede parecer intrincado. Busco un método más directo. Consideremos una vida en cuyo decurso las repeticiones abundan: la mía, verbigracia. No paso ante la Recoleta sin recordar que están sepultados ahí mi padre, mis abuelos y trasabuelos, como yo lo estaré; luego recuerdo ya haber recordado lo mismo, ya innumerables veces; no puedo caminar por los arrabales en la soledad de la noche, sin pensar que ésta nos agrada porque suprime los ociosos detalles, como el recuerdo; no puedo lamentar la perdición de un amor o de una amistad sin meditar que sólo se pierde lo que realmente no se ha tenido; cada vez que atravieso una de las esquinas del sur, pienso en usted, Helena; cada vez que el aire me trae un olor de eucaliptos, pienso en Adrogué, en mi niñez; cada vez que recuerdo el fragmento 91 de Heráclito: *No bajarás dos veces al mismo río,* admiro su destreza dialéctica, pues la facilidad con que aceptamos el primer sentido («El río es otro») nos impone clandestinamente el segundo («Soy otro») y nos concede la ilusión de haberlo inventado; cada vez que oigo a un germanófilo vituperar el *yiddish,* reflexiono que el *yiddish* es, ante todo, un dialecto alemán, apenas maculado por el idioma del Espíritu Santo. Esas tautologías (y otras que callo) son mi vida entera. Naturalmente, se repiten sin precisión; hay diferencias de énfasis, de temperatura, de luz, de estado fisiológico general. Sospecho, sin embargo, que el número de variaciones circunstanciales no es infinito: podemos postular, en la mente de un individuo (o de dos individuos que se ignoran, pero en quienes se opera el mismo proceso), dos momentos iguales. Postulada esa igualdad, cabe preguntar: Esos idénticos momentos, ¿no son el mismo? ¿No basta *un solo término repetido* para desbaratar y confundir la serie del tiempo? ¿Los fervorosos que se entregan a una línea de Shakespeare no son, literalmente, Shakespeare?

Ignoro, aún, la ética del sistema que he bosquejado. No sé si existe. El quinto párrafo del cuarto capítulo del tratado *Sanhedrín* de la Mishnah declara que, para la Justicia de Dios, el que mata a un solo hombre, destruye el mundo; si no hay pluralidad, el que aniquilara a todos los hombres no sería más culpable que el primitivo y solitario Caín, lo cual es ortodoxo, ni más universal en la destrucción, lo que puede ser mágico. Yo entiendo que así es. Las ruidosas catástrofes generales —incendios, guerras, epidemias— son un solo dolor, ilusoriamente multiplicado en muchos espejos. Así lo juzga Bernard Shaw *(Guide to socialism,* 86): «Lo que tú puedes padecer es lo máximo que pueda padecerse en la tierra. Si mueres de inanición sufrirás toda la inanición que ha habido o que habrá. Si diez mil personas mueren contigo, su participación en tu suerte no hará que tengas diez mil veces más hambre ni multiplicará por diez mil al tiempo en que agonices. No te dejes abrumar por la horrenda suma de los padecimientos humanos; la tal suma no existe. Ni la pobreza ni el dolor son acumulables.» Cf. también *The problem of pain,* VII, de C. S. Lewis.

Lucrecio *(De rerun natura,* I, 830) atribuye a Anaxágoras la doctrina de que el oro consta de partículas de oro; el fuego, de chispas; el hueso, de huesitos imperceptibles. Josiah Royce, tal vez influido por San Agustín, juzga que el tiempo está hecho de tiempo y que «todo presente en el que algo ocurre es también una sucesión» *(The world and the individual,* II, 139). Esa proposición es compatible con la de este trabajo.

II

Todo lenguaje es de índole sucesiva; no es hábil para razonar lo eterno, lo intemporal. Quienes hayan seguido con desagrado la argumentación anterior, preferirían tal vez esta página de 1928. La he mencionado ya; se trata del relato que se titula *Sentirse en muerte:*

«Deseo registrar aquí una experiencia que tuve hace unas noches: fruslería demasiado evanescente y extática para que la llame aventura; demasiado irrazonable y sentimental para pensamiento. Se trata de una escena y de su palabra: palabra ya antedicha por mí, pero no vivida hasta entonces con entera dedicación. Paso a historiarla, con los accidentes de tiempo y de lugar que la declararon.

Lo rememoro así. La tarde que precedió a esa noche, estuve en Barracas: localidad no visitada por mi costumbre, y cuya distancia de las que después recorrí, ya dio un sabor extraño a ese día. Su noche no tenía destino alguno; como era serena, salí a caminar y recordar, después de comer. No quise determinarle rumbo a esa caminata; procuré una máxima latitud de probabilidades para no cansar la expectativa con la obligatoria antevisión de una sola de ellas. Realicé en la mala medida de lo posible, eso que llaman caminar al azar; acepté, sin otro consciente prejuicio que el de soslayar las avenidas o calles anchas, las más oscuras invitaciones de la casualidad. Con todo, una suerte de gravitación familiar me alejó hacia unos barrios, de cuyo nombre quiero siempre acordarme y que dictan reverencia a mi pecho. No quiero significar así el barrio mío, el preciso ámbito de la infancia, sino sus todavía misteriosas inmediaciones: confín que he poseído entero en palabras y poco en realidad, vecino y mitológico a un tiempo. El revés de lo conocido, su espalda, son para mí esas calles penúltimas, casi tan efectivamente ignoradas como el soterrado cimiento de nuestra casa o nuestro invisible esqueleto. La marcha me dejó en una esquina. Aspiré noche, en asueto serenísimo de pensar. La visión, nada complicada por cierto, parecía simplificada por mi cansancio. La irrealizaba su misma tipicidad. La calle era de casas bajas y aunque su primera significación fuera de pobreza, la segunda era ciertamente de dicha. Era de lo más pobre y de lo más lindo. Ninguna casa se animaba a la calle; la higuera oscurecía sobre la ochava; los portoncitos —más altos que las líneas estiradas de las paredes— parecían obrados en la misma sustancia infinita de la noche. La verdad era escarpada sobre la calle, la calle era de barro elemental, barro de América no conquistado aún. Al fondo, el callejón, ya pampeano, se desmoronaba hacia el Maldonado. Sobre la tierra turbia y caótica, una tapia rosada parecía no hospedar luz de luna, sino efundir luz íntima. No habrá manera de nombrar la ternura mejor que ese rosado.

Me quedé mirando esa sencillez. Pensé, con seguridad en voz alta: Esto es lo mismo de hace treinta años... Conjeturé esa fecha: época reciente en otros países, pero ya remota en este cambiadizo lado del mundo. Tal vez cantaba un pájaro y sentí por él un cariño chico, de tamaño de pájaro; pero lo más seguro es que en ese ya vertiginoso silencio no hubo más ruido que el también intemporal de los grillos. El fácil pensamiento *Estoy en mil ochocientos y tantos* dejó de ser unas cuantas aproximativas palabras y se profundizó a realidad. Me sentí muerto, me sentí percibidor abstracto del mundo; indefinido temor imbuido de ciencia que es la mejor claridad de la metafísica. No creí, no, haber remontado las presuntivas aguas del Tiempo; más bien me sospeché poseedor del sentido reticente o ausente de la inconcebible palabra *eternidad*. Sólo después alcancé a definir esa imaginación.

La escribo, ahora, así: Esa pura representación de hechos homogéneos —noche de serenidad, parecita límpida, olor provinciano de la madreselva, barro fundamental— no es meramente idéntica a la que hubo en esa esquina hace tantos años; es, sin parecidos ni repeticiones, la misma. El tiempo, si podemos intuir esa identidad, es una delusión: la indiferencia e inseparabilidad de un momento de su aparente ayer y otro de su aparente hoy, basta para desintegrarlo.

Es evidente que el número de tales momentos humanos no es infinito. Los elementales —los de sufrimiento físico y goce físico, los de acercamiento del sueño, los de la audición de una sola música, los de mucha intensidad o mucho desgano— son más impersonales aún. Derivo de antemano esta conclusión: la vida es demasiado pobre para no ser también inmortal. Pero ni siquiera tenemos la seguridad de nuestra pobreza, puesto que el tiempo, fácilmente refutable en lo sensitivo, no lo es también en lo intelectual, de cuya esencia parece inseparable el concepto de sucesión. Quede pues en anécdota emocional la vislumbrada idea y en la confesa irresolución de esta hoja el momento verdadero de éxtasis y la insinuación posible de eternidad de que esa noche no me fue avara.»

B

De las muchas doctrinas que la historia de la filosofía registra, tal vez el idealismo es la más antigua y la más divulgada. La observación es de Carlyle (*Novalis,* 1829); a los filósofos que alega cabe añadir, sin esperanza de integrar el infinito censo, los platónicos, para quienes lo único real son los prototipos (Norris, Judas Abrabanel, Gemisto, Plotino), los teólogos, para quienes es contingente todo lo que no es la divinidad. (Malebranche, Johannes Eckhart), los monistas, que hacen del universo un ocioso adjetivo de lo Absoluto (Bradley, Hegel, Parménides)... El idealismo es tan antiguo como la inquietud metafísica: su apologista más agudo, George Berkeley, floreció en el siglo XVIII: contrariamente a lo que Schopenhauer declara (*Welt als Wille und Vorstellung,* II, 1), su mérito no pudo consistir en la intuición de esa doctrina sino en los argumentos que ideó para razonarla. Berkeley usó de esos argumentos contra la noción de materia; Hume los aplicó a la conciencia; mi propósito es aplicarlos al tiempo. Antes recapitularé brevemente las diversas etapas de esa dialéctica.

Berkeley negó la materia. Ello no significa, entiéndase bien, que negó los colores, los olores, los sabores, los sonidos y los contactos; lo que negó fue que, además de esas percepciones, que componen el mundo externo, hubiera algo invisible, intangible, llamado la materia. Negó que hubiera dolores que nadie siente, colores que nadie ve, formas que nadie toca. Razonó que agregar una materia a las percepciones es agregar al mundo un inconcebible mundo superfluo. Creyó en el mundo aparencial que urden los sentidos, pero entendió que el mundo material (digamos, el de Toland) es una duplicación ilusoria. Observó (*Principles of human knowledge*, 3): «Todos admitirán que ni nuestros pensamientos ni nuestras pasiones ni las ideas formadas por nuestra imaginación existen sin la mente. No menos claro es para mí que las diversas sensaciones o ideas impresas en los sentidos, de cualquier modo que se combinen (*id est*, cualquiera sea el objeto que formen), no pueden existir sino en alguna mente que las perciba... Afirmo que esta mesa existe; es decir, la veo y la toco. Si, al haber dejado esta habitación, afirmo lo mismo, sólo quiero manifestar que si yo estuviera aquí la percibiría, o que la percibe algún otro espíritu... Hablar de la existencia absoluta de cosas inanimadas, sin relación al hecho de si las perciben o no, es para mí insensato. Su *esse es percipi*, no es posible que existan fuera de las mentes que las perciben.» En el párrafo 23 agregó, previniendo objeciones: «Pero, se dirá, nada es más fácil que imaginar árboles en un parque o libros en una biblioteca, y nadie cerca de ellos que los percibe. En efecto, nada es más fácil. Pero, os pregunto, ¿qué habéis hecho sino formar en la mente algunas ideas que llamáis *libros* o *árboles* y omitir al mismo tiempo la idea de alguien que las percibe? Vosotros, mientras tanto, ¿no las pensabais? No niego que la mente sea capaz de imaginar ideas; niego que las ideas pueden existir fuera de la mente.» En el párrafo 6 ya había declarado: «Hay verdades tan claras que para verlas nos basta abrir los ojos. Tal es la importante verdad: Todo el coro del cielo y los aditamentos de la tierra —todos los cuerpos que componen la enorme fábrica del universo— no existen fuera de una mente; no tienen otro ser que ser percibidos; no existen cuando no los pensamos, o sólo existen en la mente de un Espíritu Eterno.» (El dios de Berkeley es un ubicuo espectador cuyo fin es dar coherencia al mundo.)

La doctrina que acabo de exponer ha sido interpretada perversamente. Herbert Spencer cree refutarla (*Principles of Psychology*, VIII, 6), razonando que si nada hay fuera de la conciencia, ésta debe ser infinita en el tiempo y en el espacio. Lo primero es cierto si comprendemos que todo tiempo es tiempo percibido por alguien, erróneo si inferimos que ese tiempo debe, necesariamente, abarcar un número infinito de siglos; lo segundo es ilícito, ya que Berkeley (*Principles of human knowledge,* 116; *Siris,* 266) repetidamente negó el espacio absoluto. Aún más indescifrable es el error en que Schopenhauer incurre (*Welt als Wille und Vorstellung,* II, 1), al enseñar que para los idealistas el mundo es un fenómeno cerebral; Berkeley, sin embargo, había escrito (*Dialogues between Hylas and Philonous,* II): «El cerebro, como cosa sensible, sólo puede existir en la mente. Yo querría saber si juzgas razonable la conjetura de que una idea o cosa en la mente ocasione todas las otras. Si contestas que sí, ¿cómo explicarás el origen de esa idea primaria o cerebro?» El cerebro, efectivamente, no es menos una parte del mundo externo que la constelación del Centauro.

Berkeley negó que hubiera un objeto detrás de las impresiones de los sentidos; David Hume, que hubiera un sujeto detrás de la percepción de los cambios. Aquél había negado la materia, éste negó el espíritu; aquél no había querido que agregáramos a la sucesión de impresiones la noción metafísica de materia, éste no quiso que agregáramos a la sucesión de estados mentales la noción metafísica de un yo. Tan lógica es esa ampliación de los argumentos de Berkeley que éste ya la había previsto, como Alexander Campbell Fraser hace notar, y hasta procuró recusarla mediante el *ergo sum* cartesiano. «Si tus principios son valederos, tú mismo no eres más que un sistema de ideas fluctuantes, no sostenidas por ninguna substancia, ya que tan absurdo es hablar de substancia espiritual como de substancia material», razona Hylas, anticipándose a David Hume, en el tercero y último de los *Dialogues.* Corrobora Hume (*Treatise of human nature,* I, 4, 6): «Somos una colección o conjunto de percepciones, que se suceden unas a otras con inconcebible rapidez... La mente es una especie de teatro, donde las percepciones aparecen, desaparecen, vuelven y se combinan de infinitas maneras. La metáfora no debe engañarnos. Las percepciones constituyen la mente y no podemos vislumbrar en qué sitio ocurren las escenas ni de qué materiales está hecho el teatro.»

Admitido el argumento idealista, entiendo que es posible —tal vez inevitable— ir más lejos. Para Berkeley, el tiempo es «la sucesión de ideas que influye uniformemente y de la que todos los seres participan» (*Principles of human knowledge,* 98); para Hume, «una sucesión de momentos indivisibles» (*Treatise of human nature,* I, 2, 3). Sin embargo, negadas la materia y el espíritu, que son continuidades, negado también el espacio, no sé con qué derecho retendremos esa continuidad que es el tiempo. Fuera de cada percepción (actual o conjetural) no existe la materia; fuera de cada estado mental no existe el espíritu; tampoco el tiempo existirá fuera de cada instante presente. Elijamos un momento de máxima simplicidad: verbigracia, el del sueño del Chuang Tzu (Herbert Allen Giles: *Chuang Tzu,* 1889). Este, hará unos veinticuatro siglos, soñó que era una mariposa y no sabía al despertar si era un hombre que había soñado ser una mariposa o una mariposa que ahora soñaba ser un hombre. No consideremos el despertar, consideremos el momento del sueño; o uno de los momentos. «Soñé que era una mariposa que andaba por el aire y que nada sabía de Chuang Tzu», dice el antiguo texto. Nunca sabremos si Chuang Tzu vio un jardín sobre el que le parecía volar o un móvil triángulo amarillo, que sin duda era él, pero nos consta que la imagen fue subjetiva, aunque la suministró la memoria. La doctrina del paralelismo psicofísico juzgará que a esa imagen debió de corresponder algún cambio en el sistema nervioso del soñador; según Berkeley, no existía en aquel momento el cuerpo de Chuang Tzu, ni el negro dormitorio en que soñaba, salvo como una percepción en la mente divina. Hume simplifica aún más lo ocurrido. Según él, no existía en aquel momento el espíritu de Chuang Tzu; sólo existían los colores del sueño y la certidumbre de ser una mariposa. Existía como término momentáneo de la «colección o conjunto de percepciones» que fue, unos cuatro siglos antes de Cristo, la mente de Chuang Tzu; existían como término *n* de una infinita serie temporal, entre *n* —1 y

$n + 1$. No hay otra realidad, para el idealismo, que la de los procesos mentales; agregar a la mariposa que se percibe una mariposa objetiva le parece una vana duplicación; agregar a los procesos un yo le parece no menos exorbitante. Juzga que hubo un soñar, un percibir, pero no un soñador ni siquiera un sueño; juzga que hablar de objetos y de sujetos es incurrir en una impura mitología. Ahora bien, si cada estado psíquico es suficiente, si vincularlo a una circunstancia o a un yo es una ilícita y ociosa adición, ¿con qué derecho le impondremos después un lugar en el tiempo? Chuang Tzu soñó que era una mariposa y durante aquel sueño no era Chuang Tzu, era una mariposa. ¿Cómo, abolidos el espacio y el yo, vincularemos esos instantes a los del despertar y a la época feudal de la historia china? Ello no quiere decir que nunca sabremos, siquiera de manera aproximativa, la fecha de aquel sueño; quiere decir que la fijación cronológica de un suceso, de cualquier suceso del orbe, es ajena a él, y exterior. En la China, el sueño de Chuang Tzu es proverbial; imaginemos que de sus casi infinitos lectores, uno sueña que es una mariposa y luego que es Chuang Tzu. Imaginemos que, por un azar no imposible, este sueño repite puntualmente el que soñó el maestro. Postulada esa igualdad, cabe preguntar: Esos instantes que coinciden, ¿no son el mismo? ¿No basta *un solo término repetido* para desbaratar y confundir la historia del mundo, para denunciar que no hay tal historia?

Negar el tiempo es dos negaciones: negar la sucesión de los términos de una serie, negar el sincronismo de los términos de dos series. En efecto, si cada término es absoluto, sus relaciones se reducen a la conciencia de que esas relaciones existen. Un estado precede a otro si se sabe anterior; un estado de G es contemporáneo de un estado de H si se sabe contemporáneo. Contrariamente a lo declarado por Schopenhauer[2] en su tabla de verdades fundamentales (*Welt als Wille und Vortellung*, II, 4), cada fracción de tiempo no llena simultá-

[2] Antes, por Newton, que afirmó: «Cada partícula de espacio es eterna, cada indivisible momento de duración está en todas partes» (*Principia*, III, 42).

neamente el espacio entero, el tiempo no es ubicuo. (Claro está que, a esta altura del argumento, ya no existe el espacio.)

Meinong, en su teoría de la aprehensión, admite la de objetos imaginarios: la cuarta dimensión, digamos, o la estatua sensible de Condillac o el animal hipotético de Lotze o la raíz cuadrada de —1. Si las razones que he indicado son válidas, a ese orbe nebuloso pertenecen también la materia, el yo, el mundo externo, la historia universal, nuestras vidas.

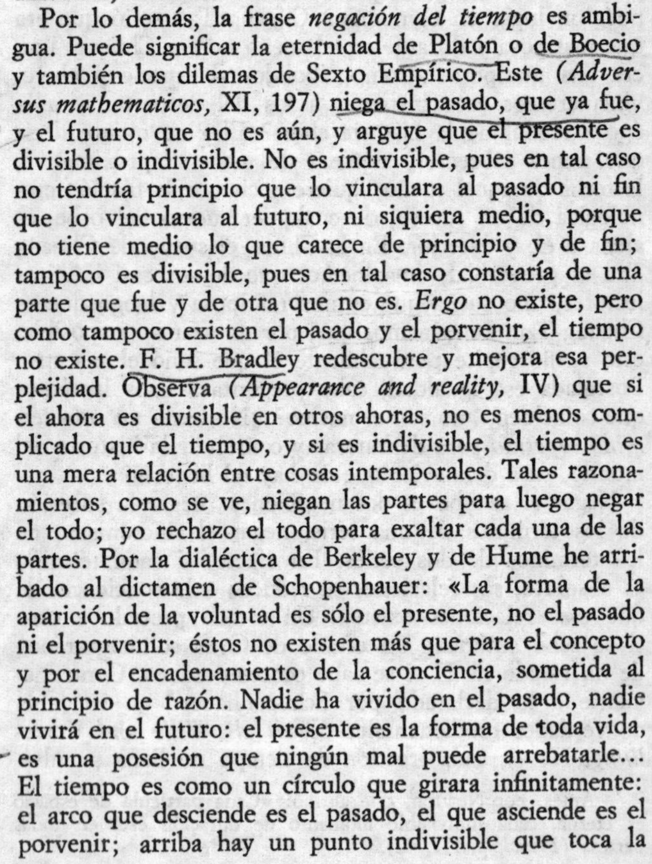

Por lo demás, la frase *negación del tiempo* es ambigua. Puede significar la eternidad de Platón o de Boecio y también los dilemas de Sexto Empírico. Este (*Adversus mathematicos,* XI, 197) niega el pasado, que ya fue, y el futuro, que no es aún, y arguye que el presente es divisible o indivisible. No es indivisible, pues en tal caso no tendría principio que lo vinculara al pasado ni fin que lo vinculara al futuro, ni siquiera medio, porque no tiene medio lo que carece de principio y de fin; tampoco es divisible, pues en tal caso constaría de una parte que fue y de otra que no es. *Ergo* no existe, pero como tampoco existen el pasado y el porvenir, el tiempo no existe. F. H. Bradley redescubre y mejora esa perplejidad. Observa (*Appearance and reality,* IV) que si el ahora es divisible en otros ahoras, no es menos complicado que el tiempo, y si es indivisible, el tiempo es una mera relación entre cosas intemporales. Tales razonamientos, como se ve, niegan las partes para luego negar el todo; yo rechazo el todo para exaltar cada una de las partes. Por la dialéctica de Berkeley y de Hume he arribado al dictamen de Schopenhauer: «La forma de la aparición de la voluntad es sólo el presente, no el pasado ni el porvenir; éstos no existen más que para el concepto y por el encadenamiento de la conciencia, sometida al principio de razón. Nadie ha vivido en el pasado, nadie

vivirá en el futuro: el presente es la forma de toda vida, es una posesión que ningún mal puede arrebatarle... El tiempo es como un círculo que girara infinitamente: el arco que desciende es el pasado, el que asciende es el porvenir; arriba hay un punto indivisible que toca la tangente y es el ahora. Inmóvil como lo tangente, ese inextenso punto marca el contacto del objeto, cuya forma es el tiempo, con el sujeto, que carece de forma, porque no pertenece a lo conocible y es previa condición del conocimiento» *(Welr als Wille und Vorstellung,* I, 54). Un tratado budista del siglo v, el *Visuddhimagga (Camino de la Pureza),* ilustra la misma doctrina con la misma figura: «En rigor, la vida de un ser dura lo que una idea. Como una rueda de carruaje, al rodar, toca la tierra en un solo punto, dura la vida lo que dura una sola idea» (Radhakrishman: *Indian philosophy,* I, 373). Otros textos budistas dicen que el mundo se aniquila y resurge seis mil quinientos millones de veces por día y que todo hombre es una ilusión, vertiginosamente obrada por una serie de hombres momentáneos y solos. «El hombre de un momento pretérito —nos advierte el *Camino de la pureza*— ha vivido, pero no vive ni vivirá; el hombre de un momento futuro vivirá, pero no ha vivido ni vive; el hombre del momento presente vive, pero no ha vivido ni vivirá» (obra citada, I, 407), dictamen que podemos comparar con éste de Plutarco *(De Eapud Delphos.* 18): «El hombre de ayer ha muerto en el de hoy, el de hoy muere en el de mañana.»

And yet, and yet... Negar la sucesión temporal, negar el yo, negar el universo astronómico, son desesperaciones aparentes y consuelos secretos. Nuestro destino (a diferencia del infierno de Swedenborg y del infierno de la mitología tibetana) no es espantoso por irreal; es espantoso porque es irreversible y de hierro. El tiempo es la substancia de que estoy hecho. El tiempo es un río que me arrebata, pero yo soy el río; es un tigre que me destroza, pero yo soy el tigre; es un fuego que me consume, pero yo soy el fuego. El mundo, desgraciadamente, es real; yo, desgraciadamente, soy Borges.

NOTA AL PROLOGO

No hay exposición del budismo que no mencione el *Milinda Pañha,* obra apologética del siglo II, que refiere un debate cuyos interlocutores son el rey de la Bactriana, Menandro, y el monje Nagasena. Este razona que así como el carro del rey no es las ruedas ni la caja ni el eje ni la lanza ni el yugo, tampoco el hombre es la materia, la forma, las impresiones, las ideas, los instintos o la conciencia. No es la combinación de esas partes ni existe fuera de ellas... Al cabo de una controversia de muchos días, Menandro (Milinda) se convierte a la fe del Buddha.

El *Milinda Pañha* ha sido vertido al inglés por Rhys Davids (Oxford, 1890-1894).

Freund, es ist auch genug. Im Fall du mehr willst lesen,
So geh und werde selbst die Schrift und selbst das Wesen.
Angelus Silesius: *Cherubinischer Wandersmann,* VI, 263 (1675).

sucesión de momentos indivisibles

Chinese tale of Chuang Tzu, el hombre que sueña que es una mariposa y al despertar no sabe si es mariposa o si es hombre

Pasajes siguientes de literatura Budistas Schopenhauer + F.H. Bradley que apuntan a la realidad del momento presente y a la necesidad lógica de negar la existencia del pasado o futuro.

Sobre los clásicos

Escasas disciplinas habrá de mayor interés que la etimología; ello se debe a las imprevisibles transformaciones del sentido primitivo de las palabras, a lo largo del tiempo. Dadas tales transformaciones, que pueden lindar con lo paradógico, de nada o de muy poco nos servirá para la aclaración de un concepto el origen de una palabra. Saber que cálculo, en latín, quiere decir piedrecita y que los pitagóricos las usaron antes de la invención de los números, no nos permite dominar los arcanos del álgebra; saber que hipócrita era actor, y persona, máscara, no es un instrumento valioso para el estudio de la ética. Parejamente, para fijar lo que hoy entendemos por clásico, es inútil que este adjetivo descienda del latín *classis,* flota, que luego tomaría el sentido de orden. (Recordemos de paso, la formación análoga de *ship-shape.*)

¿Qué es, ahora, un libro clásico? Tengo al alcance de la mano las definiciones de Eliot, de Arnold y de Sainte-Beuve, sin duda razonables y luminosas, y me sería grato estar de acuerdo con esos ilustres autores, pero no los consultaré. He cumplido sesenta y tantos años; a mi edad, las coincidencias o novedades importan menos que lo que uno cree verdadero. Me limitaré, pues, a declarar lo que sobre este punto he pensado.

Mi primer estímulo fue una *Historia de la literatura china* (1901) de Herbert Allen Giles. En su capítulo segundo leí que uno de los cinco textos canónicos que Confucio editó es el Libro de los Cambios o *I King,* hecho de 64 hexagramas, que agotan las posibles combinaciones de seis líneas partidas o enteras. Uno de los esquemas, por ejemplo, consta de dos líneas enteras, de una partida y de tres enteras, verticalmente dispuestas. Un emperador prehistórico los habría descubierto en la caparazón de una de las tortugas sagradas. Leibniz creyó ver en los hexagramas un sistema binario de numeración; otros, una filosofía enigmática; otros, como Wilhelm, un instrumento para la adivinación del futuro, ya que las 64 figuras corresponden a las 64 fases de cualquier empresa o proceso; otros, un vocabulario de cierta tribu; otros, un calendario. Recuerdo que Xul-Solar solía reconstruir ese texto con palillos o fósforos. Para los extranjeros, el Libro de los Cambios corre el albur de parecer una mera *chinoiserie;* pero generaciones milenarias de hombres muy cultos lo han leído y releído con devoción y seguirán leyéndolo. Confucio declaró a sus discípulos que si el destino le otorgara cien años más de vida, consagraría la mitad a su estudio y al de los comentarios o *alas.*

Deliberadamente he elegido un ejemplo extremo, una lectura que reclama un acto de fe. Llego, ahora, a mi tesis. Clásico es aquel libro que una nación o un grupo de naciones o el largo tiempo han decidido leer como si en sus páginas todo fuera deliberado, fatal, profundo como el cosmos y capaz de interpretaciones sin término. Previsiblemente, esas decisiones varían. Para los alemanes y austríacos el Fausto es una obra genial; para otros, una de las más famosas formas del tedio, como el segundo Paraíso de Milton o la obra de Rabelais. Libros como el de Job, la Divina Comedia, Macbeth (y, para mí, algunas de las sagas del Norte) prometen una larga inmortalidad, pero nada sabemos del porvenir, salvo que diferirá del presente. Una preferencia bien puede ser una superstición.

No tengo vocación de iconoclasta. Hacia el año treinta creía, bajo el influjo de Macedonio Fernández, que la belleza es privilegio de unos pocos autores; ahora sé que es común y que está acechándonos en las causales páginas del mediocre o en un diálogo callejero. Así, mi desconocimiento de las letras malayas o húngaras es total, pero estoy seguro de que si el tiempo me deparara la ocasión de su estudio, encontraría en ella todos los alimentos que requiere el espíritu. Además de las barreras lingüísticas intervienen las políticas o geográficas. Burns es un clásico en Escocia; al sur del Tweed interesa menos que Dunbar o que Stevenson. La gloria de un poeta depende, en suma, de la excitación o de la apatía de las generaciones de hombres anónimos que la ponen a prueba, en la soledad de sus bibliotecas.

Las emociones que la literatura suscita son quizá eternas, pero los medios deben constantemente variar, siquiera de un modo levísimo, para no perder su virtud. Se gastan a medida que los reconoce el lector. De ahí el peligro de afirmar que existen obras clásicas y que lo serán para siempre.

Cada cual descree de su arte y de sus artificios. Yo, que me he resignado a poner en duda la indefinida perduración de Voltaire o de Shakespeare, creo (esta tarde de uno de los últimos días de 1965) en la de Schopenhauer y en la de Berkeley.

Clásico no es un libro (lo repito) que necesariamente posee tales o cuales méritos; es un libro que las generaciones de los hombres, urgidas por diversas razones, leen con previo fervor y con una misteriosa lealtad.

Epílogo

Dos tendencias he descubierto, al corregir las pruebas, en los misceláneos trabajos de este volumen.

Una, a estimar las ideas religiosas o filosóficas por su valor estético y aun por lo que encierran de singular y de maravilloso. Esto es, quizá, indicio de un escepticismo esencial. Otra, a presuponer (y a verificar) que el número de fábulas o de metáforas de que es capaz la imaginación de los hombres es limitado, pero que esas contadas invenciones pueden ser todo para todos, como el Apóstol.

Quiero asimismo aprovechar esta hoja para corregir un error. En un ensayo he atribuido a Bacon el pensamiento de que Dios compuso dos libros: el mundo y la Sagrada Escritura. Bacon se limitó a repetir un lugar común escolástico; en el Breviloquium *de San Buenaventura —obra del siglo XII— se lee:* creatura mundi est quasi quidam liber in quo legitur Trinitas. *Véase Etienne Gilson:* La philosophie au moyen âge, *págs. 442, 464.*

J. L. B.

Buenos Aires, 25 de junio de 1952.

Indice

El Libro de Bolsillo   Alianza Editorial   Madrid

Libros en venta

1 José Ortega y Gasset:
Unas lecciones de metafísica

3 Raymond Aron:
Ensayo sobre las libertades

4 Franz Kafka:
La metamorfosis

*5 François Guizot:
Historia de la civilización en Europa

**7 Pío Baroja:
Cuentos

****8 Leopoldo Alas (Clarín):
La regenta

**9 Tor Andrade:
Mahoma

***12 Julio Caro Baroja:
Las brujas y su mundo

***13 Richard Wilhelm:
Confucio

14 Aranguren, Azorín, Laín, Marías, Menéndez Pidal:
Experiencia de la vida

**15 Thomas Robert Malthus:
Primer ensayo sobre la población

**19 Sigmund Freud:
Psicopatología de la vida cotidiana

20 Josef y Karel Capek:
R. U. R. y El juego de los insectos

**21 Leopoldo Alas (Clarín):
Su único hijo

***22 Marcel Proust:
En busca del tiempo perdido
1. Por el camino de Swann

**24, **25 S. A. Barnett y otros:
Un siglo después de Darwin

26 Lope de Vega:
El duque de Viseo

*27 Miguel de Unamuno:
San Manuel Bueno, mártir.
Cómo se hace una novela

**29 José de Espronceda:
El diablo mundo.
El estudiante de Salamanca.
Poesía

**30 Jean Rostand:
El hombre

***33 Marcel Proust:
En busca del tiempo perdido
2. A la sombra de las muchachas en flor

**34, **35, **36 Sigmund Freud:
La interpretación de los sueños

37 Eugen Fink:
La filosofía de Nietzsche

***38 Luigi Pirandello:
El difunto Matías Pascal

***40 Marcel Proust:
En busca del tiempo perdido
3. El mundo de Guermantes

**41 Sigmund Freud:
Tótem y tabú

***42 Emilia Pardo Bazán:
Los pazos de Ulloa

**43 Hollingdale y Tootill:
Computadores electrónicos

*44 Hermann Hesse:
El lobo estepario

45 Albert Ollivier:
La comuna

46 Miguel de Ferdinandy:
Historia de Hungría

47 Raymond Furon:
El agua en el mundo

**48 Scientific American:
La ciudad

49 Antonio Peña y Goñi:
España, desde la ópera a la zarzuela

*50 Pío Baroja:
El árbol de la ciencia

**51 Joaquín Costa:
Oligarquía y caciquismo.
Colectivismo agrario y otros escritos

52 Isabel Colegate:
Estatuas en un jardín

57 Mijaíl A. Bulgákov:
Novela teatral

58, 59 Dmitri Chizhevski:
Historia del espíritu ruso

*60 Miguel Delibes:
La partida

**61 Ramón Pérez de Ayala:
Escritos políticos

**62 Sigmund Freud:
Ensayos sobre la vida sexual y la teoría de las neurosis

****64 Stendhal:
Lucien Leuwen

65 T. S. Eliot:
Criticar al crítico y otros escritos

**66 Francisco Ruiz Ramón:
Historia del teatro español, 1

*67 André Gide:
Isabel

69 Fereydoun Hoveyda:
Historia de la novela policíaca

70 Alfonso R. Castelao:
Cosas. Los dos de siempre

**71 Max Weber:
El político y el científico

73 José López Pinillos (Parmeno):
Las águilas

***76 Robert Donington:
Los instrumentos de música

**78 Joseph A. Schumpeter:
Diez grandes economistas:
de Marx a Keynes

81 José Ortega y Gasset:
La redención de las provincias

**82 Sigmund Freud:
Introducción al psicoanálisis

***85 Marcel Proust:
En busca del tiempo perdido
4. Sodoma y Gomorra

*86 Paul Valéry:
El cementerio marino

87 Michelangelo Antonioni:
La noche. El eclipse. El desierto rojo

***88 Benito Pérez Galdós:
Las novelas de Torquemada

***90 Ramón Tamames:
Introducción a la economía española

91 Santa Teresa de Jesús:
Libro de las fundaciones

**92 Dashiell Hammett:
Cosecha roja

*95 Hermann Hesse:
Bajo las ruedas

**96 Sigmund Freud:
La histeria

***98 Benito Pérez Galdós:
La desheredada

****100 Pío Baroja:
Las ciudades

*101 José Luis L. Aranguren:
El marxismo como moral

102 Tennessee Williams:
Piezas cortas

*103 Bertolt Brecht:
Poemas y canciones

****105 Marcel Proust:
En busca del tiempo perdido
5. La prisionera

106 Evgueni Evtuchenko:
Entre la ciudad sí y la ciudad no

**107 Melchor Fernández Almagro:
Historia política de la España contemporánea, 1, 1868-85

**108 Dashiell Hammett:
La llave de cristal

**109 María de Zayas y Sotomayor:
Novelas ejemplares y amorosas o Decamerón español

110 F. Scott Fitzgerald:
A este lado del paraíso

**113 Benito Pérez Galdós:
Tormento

114 Julio Caro Baroja:
El señor inquisidor y otras vidas por oficio

**115 Michelangelo Antonioni:
Blow-up. El grito.
Las amigas. La aventura

**116 Bertrand Russell:
Ensayos filosóficos

***117 Melchor Fernández Almagro:
Historia política de la España contemporánea, 2, 1885-97

118 Sherwood Anderson:
Winesburg, Ohio

**119 Karl Marx:
Manuscritos: economía y filosofía

**120 Melchor Fernández Almagro:
Historia política de la España contemporánea, 3, 1887-1902

121 D. P. Mannix y M. Cowley:
Historia de la trata de negros

122 Fernán Caballero:
Elia

123 Hans Egon Holthusen:
Rainer Maria Rilke

****124 Mijaíl A. Bulgákov:
El maestro y Margarita

126 Erskine Caldwell:
A la sombra del campanario

128 Antonio Flores:
La sociedad de 1850

****130 George A. Miller:
Introducción a la psicología

131 Sartre, Heidegger, Jaspers:
Kierkegaard vivo

***132 Marcel Proust:
En busca del tiempo perdido
6. La fugitiva

**133 Cesare de Beccaria:
De los delitos y las penas
Voltaire:
Comentario

134 Edward H. Carr:
Estudios sobre la revolución

***135 Ramón J. Sender:
Mr. Witt en el cantón

**136 Fernando Chueca Goitia:
Breve historia del urbanismo

*138 Hermann Hesse:
Demian

139 Fernand Braudel:
La historia y las ciencias sociales

140 Carmen Martín Gaite:
El balneario

141 Louis-Ferdinand Céline:
Semmelweis

142 Lope de Vega:
Novelas a Marcia Leonarda

*144 Ignazio Silone:
Vino y pan

**147 Stendhal:
Del amor
Ortega y Gasset:
Amor en Stendhal

149 Narrativa cubana de la revolución
Selección de J. M. Caballero Bonald

**150 Azorín:
Política y literatura

*151 Iván Pávlov:
Fisiología y psicología

**152 Pedro Calderón de la Barca:
Tragedias, 2

153 Aguirre, Aranguren, Sacristán:
Cristianos y marxistas

154 Yuri Kazakov:
El mar Blanco

***155 C. G. Jung:
Los complejos y el inconsciente

**156 Francisco Ayala:
Muertes de perro

*158 Dashiell Hammett:
El halcón maltés

159 Guillermo Díaz-Plaja:
El oficio de escribir

**160 Ramón Solís:
El Cádiz de las cortes

**162 Sigmund Freud:
El chiste

*164 Miguel Delibes:
Viejas historias de Castilla la Vieja

***165 Marcel Proust:
En busca del tiempo perdido y 7. El tiempo recobrado

166 Manuel Halcón:
Recuerdos de Fernando Villalón

**167 Thomas Mann:
Relato de mi vida
Erika Mann:
El último año de mi padre

**168 José Ferrater Mora:
La filosofía actual

*169 Sarvepalli Radhakrishnan:
La concepción hindú de la vida

170 Antonio Alcalá Galiano:
Literatura española siglo XIX

***171 Ramón J. Sender:
Tres ejemplos de amor y una teoría

**172 Sigmund Freud:
Autobiografía

*175 Simón Bolívar:
Escritos políticos

****177 Ramón Pérez de Ayala:
Las novelas de Urbano y Simona

179 Böll, Eisenreich, Weyrauch:
Los diez mandamientos

**181 Herbert Marcuse:
El marxismo soviético

182 Jerzy Andrzejewski:
Helo aquí que viene saltando por las montañas

183 Antonio Hernández Gil:
La función social de la posesión

184 José Luis L. Aranguren:
La crisis del catolicismo

**186 Peter Laurie:
Las drogas

*187 Francisco Giner de los Ríos:
Ensayos

190 Holz, Kofler y Abendroth:
Conversaciones con Lukács

191 Heinrich von Kleist:
La marquesa de O... y otros cuentos

****192 Tulio Halperin Donghi:
Historia contemporánea de América Latina

**193 Sigmund Freud:
Psicología de las masas

****194 H. P. Lovecraft y otros:
Los mitos de Cthulhu

195 C. P. Snow:
Nueve hombres del siglo XX

196 Thomas J. Blakeley:
La escolástica soviética

198 Lucas Mallada:
Los males de la patria

199 Paulette Marquer:
Las razas humanas

**200 Fernando de Rojas:
La Celestina

201 Nathanael West:
Miss Lonelyhearts

*202 Georges Gurvitch:
Dialéctica y sociología

203 Ludwig Marcuse:
Sigmund Freud

**204 Pedro Calderón de la Barca:
Tragedias, 3

206 José Lezama Lima:
La expresión americana

*208 Christopher Tugendhat:
Petróleo: el mayor negocio del mundo

**209 Carlos Arniches:
El santo de la Isidra. El amigo Melquiades. Los caciques

210 Radoslav Selucky:
El modelo checoslovaco de socialismo

211 Jorge Guillén:
Lenguaje y poesía

*212 Sébastien Charléty:
Historia del sansimonismo

*213 Carlos Castilla del Pino:
Psicoanálisis y marxismo

***214 Gabriel Miró:
Nuestro padre San Daniel. El obispo leproso

215 Alexander Mitscherlich:
La inhospitalidad de nuestras ciudades

***216 Ocho siglos de poesía catalana
Selección de J. M. Castellet y J. Molas

**217 Anthony Storr:
La agresividad humana

218 Antonio Labriola:
Socialismo y filosofía

*219 Federico García Lorca:
Prosa

**220 Antología de la literatura española, 1
Selección de Germán Bleiberg

221 Narrativa mexicana de hoy
Selección de E. Carballo

*222 Manuel Chaves Nogales:
Juan Belmonte, matador de toros

223 Carl Th. Dreyer:
Juana de Arco. Dies irae

**224 Sigmund Freud:
Psicoanálisis del arte

*225 Benito Feijoo:
Teatro crítico universal. Cartas eruditas y curiosas

226 Ramón Gómez de la Serna:
Nuevas páginas de mi vida

227 Asociación de Científicos Alemanes:
La amenaza mundial del hambre

228 José Ferrater Mora:
Indagaciones sobre el lenguaje

**229 Francisco Ayala:
El fondo del vaso

*230 Arthur Schopenhauer:
Sobre la voluntad en la naturaleza

231 Paulino Garagorri:
Introducción a Ortega

**232 Ramón Muntaner:
Crónica

*233 Miguel Delibes:
La mortaja

**234 Elisabeth Noelle:
Encuestas en la sociedad de masas

235 Fernando de los Ríos:
Mi viaje a la Rusia sovietista

*236 Jan Potocki:
Manuscrito encontrado en Zaragoza

237 James F. Riley:
Introducción a la biología

**238 Pierre Francastel:
Historia de la pintura francesa

**239 Pedro Salinas:
Literatura española siglo XX

*240 Domingo F. Sarmiento:
Facundo

*241 Klaus Wagenbach:
Kafka

*242 Manuel Halcón:
Monólogo de una mujer fría

****243 Stendhal:
Rojo y Negro

244 W. Montgomery Watt:
Historia de la España islámica

*245 Robert Lekachman:
La era de Keynes

**246 Alberto Moravia:
Agostino. La desobediencia

***247, ****248, ***249 Arnold J. Toynbee:
Estudio de la Historia
(Compendio)

**250 Jorge Guillén:
Obra poética
(Antología)

*251 Leszek Kolakovski:
El hombre sin alternativa

252 Américo Castro:
Aspectos del vivir hispánico

253 José María de Pereda:
La leva y otros cuentos

**254 George Borrow:
La Biblia en España
Introducción de Manuel Azaña

*255 E. Jantsch, O. Helmer, H. Kahn:
Pronósticos del futuro

256 Sigmund Freud:
Escritos sobre judaísmo
y antisemitismo

257 Hans Mayer:
La literatura alemana desde
Thomas Mann

*258 Hans Rademacher y Otto Toeplitz:
Números y figuras

259 Italo Svevo:
Corto viaje sentimental

**260 La polémica de la ciencia española
Selección de Ernesto y Enrique
García Camarero

261 Guillermo de Torre:
Nuevas direcciones de la crítica
literaria

*262 Jules Vallès:
El niño

**264 Graham Greene:
El americano impasible

266 Samuel Beckett:
Molloy

267 70 años de narrativa argentina
Selección de Roberto Yahni

268 Socialismo utópico español
Selección de Antonio Elorza

***269 Alberto Moravia:
Cuentos romanos

****270 Benito Pérez Galdós:
La Fontana de Oro

*271 Raymond Dawson:
El camaleón chino

272 Ramón del Valle-Inclán:
El yermo de las almas.
Una tertulia de antaño

*273 John Stuart Mill:
Sobre la libertad

**274 Marc Ferro:
La Gran Guerra: 1914-1918

275 Raymond Radiguet:
El diablo en el cuerpo

*276 Lewis Carroll:
Alicia en el país de las maravillas

****277, ****278 Edgar Allan Poe:
Cuentos

*279 Salvatore Francesco Romano:
Historia de la mafia

**280 Sigmund Freud:
El malestar en la cultura

****281 Ramón Tamames:
Estructura económica internacional

282 Djénane Chappat:
Diccionario de la limpieza

*283 Miguel de Unamuno:
Diario íntimo

284 Gustavo Adolfo Bécquer:
Poética, narrativa, papeles
personales

*285 George Orwell:
La hija del Reverendo

286 Ernesto Navarro Márquez:
Historia de la navegación aérea

*287 F. D. Pasley:
Al Capone

288 Kurt Walter y Arnold Leistico:
Anatomía de la economía

****289 Antología de la poesía
hispanoamericana. 1914-1970
Selección de José Olivio Jiménez

290 M. Vasilíev y S. Gúschev:
Reportaje desde el siglo XXI

*291 Dashiell Hammett:
El hombre delgado

***292 Herbert Marcuse:
Razón y revolución

*293 Giovanni Verga:
Maestro-don Gesualdo

*294 Jürgen Voigt:
La destrucción del equilibrio biológico

295 Galvano della Volpe, Umberto Eco, Pier Paolo Pasolini, Glauber Rocha:
Problemas del nuevo cine

***297 Franz Kafka:
El castillo

298 Jean-Paul Sartre:
Bosquejo de una teoría de las emociones

299 José Hesse:
Breve historia del teatro soviético

*300 Manuel Azaña:
Ensayos sobre Valera

*301 El Médico de Cabecera:
Cómo no matar a sus hijos

**302 Max Aub:
Las buenas intenciones

***303 Sigmund Freud:
Paranoia y neurosis obsesiva

304 Pär Lagerkvist:
Barrabás

*305 William Faulkner:
¡Absalón, Absalón!

*306 H. P. Lovecraft y otros:
Viajes al otro mundo

*307 G. H. R. v. Koenigswald:
Historia del Hombre

***308 Gonzalo Torrente Ballester:
1. El señor llega

*309 Jorge Luis Borges:
El Aleph

310 Johannes Hemleben:
Darwin

311 Cesare Pavese:
Ciau Masino

312 Albert Camus:
El extranjero

313 Max y Hedwig Born:
Ciencia y conciencia en la era atómica

*314 André Gide:
Corydon

**315 James Atkinson:
Lutero y el nacimiento del protestantismo

***316, ***317, ***318 Ramón J. Sender:
Crónica del alba

**319 Andrew Crowcroft:
La locura

**320 Jorge Luis Borges:
Ficciones

***321 E. A. Thompson:
Los godos en España

322 Iván Turguenev:
Padres e hijos

*323 John Bury:
La idea del progreso

324 Fernando Morán:
Revolución y tradición en Africa Negra

**325, **326 Alberto Moravia:
Relatos

327 León Trotski:
Sobre arte y cultura

*328 Octavio Paz:
Los signos en rotación y otros ensayos

329 Isaac Deutscher:
La década de Jrushov

**330, **331 Marcel Proust:
Jean Santeuil

**332 Jean Rostand:
El correo de un biólogo

333 Hans-Joachim Tanck:
Meteorología

***334 Manuel Valls Gorina:
Diccionario de la música

**335 Alberto Jiménez:
Historia de la Universidad española

336 Narrativa venezolana contemporánea
Selección de Rafael Di Prisco

*337 Herbert Marcuse:
La agresividad en la sociedad industrial avanzada

*338 Jorge Luis Borges:
Historia de la eternidad

**339 Francisco Ruiz Ramón:
Historia del teatro español, 2

340 Carlos Castilla del Pino:
Cuatro ensayos sobre la mujer

*341 Edgar Allan Poe:
Narración de Arthur Gordon Pym

**342 Ramón del Valle-Inclán:
Viva mi dueño

343 Xavier Rubert de Ventós:
Moral y nueva cultura

***344 Franz Kafka:
América

*345 Pedro Salinas
Poesía

*346 Friedrich Nietzsche:
Ecce Homo

*347 Samuel Beckett:
El Innombrable

348 Antoine de Saint-Exupéry:
El principito

349 Michael Kaser y Janusz G. Zielinski:
La nueva planificación económica en Europa Oriental

**350 Leopoldo Alas (Clarín):
Solos de clarín

***351 Ibn Hazm de Córdoba:
El collar de la paloma

352 Pedro López de Ayala:
Las muertes del Rey Don Pedro

353 Jorge Luis Borges:
Historia universal de la infamia

***354, ***355 George D. Painter:
Marcel Proust

*356 Friedrich Nietzsche:
La genealogía de la moral

357 Theodore Draper:
El nacionalismo negro
en Estados Unidos

*358 Pär Lagerkvist:
El verdugo. El enano

**359 Sigmund Freud:
Psicoanálisis aplicado y Técnica
psicoanalítica

360 Alexander Kluge:
Los artistas bajo la carpa del circo

**361 Querner, Hölder, Jacobs:
Del origen de las especies

**362 Ernest Hemingway:
Islas en el golfo

*363 Lewis Carroll:
El juego de la lógica

*364 Benito Pérez Galdós:
El amigo Manso

*365 Robert L. Heilbroner:
Entre capitalismo y socialismo

**366 Isaac Asimov:
Estoy en Puertomarte sin Hilda

**367 Scientific American:
La biosfera

****368 Los mejores cuentos policiales:
Selección de A. Bioy y J. L. Borges

369 Manuel Díez-Alegría:
Ejército y sociedad

370 William Faulkner:
Gambito de caballo

*371 Roland Oliver y J. D. Fage:
Breve historia de Africa

****372 Gonzalo Torrente Ballester:
2. Donde da la vuelta el aire

*373 Svend Dahl:
Historia del libro

374 Harry Wilde:
Trotski

***375 José Blanco White:
Cartas de España

376 Isaak Bábel:
Cuentos de Odesa y otros relatos

***377 Friedrich Nietzsche:
Así habló Zaratustra

*378 Henri Lefebvre:
La revolución urbana

*379 Mircea Eliade:
El mito del eterno retorno

*380 Chumy Chúmez:
Y así para siempre

**381 William Golding:
El Señor de las Moscas

382 Bernt Engelmann:
Los traficantes de armas

*383 Carlo Collodi:
Las aventuras de Pinocho

*384 Edgar Allan Poe:
Eureka

***385 Ocho siglos de poesía gallega
Selección de C. Martín Gaite
y A. Ruiz Tarazona

*386 Sigmund Freud:
Tres ensayos sobre teoría sexual

**387 El anticolonialismo europeo
Selección de M. Merle y R. Mesa

388 André Breton:
Los pasos perdidos

389 Eduardo García de Enterría:
La Administración española

*390 Liam O'Flaherty:
Insurrección

***391 Martin Gardner:
Nuevos pasatiempos matemáticos

392 Mário Dionísio:
Introducción a la pintura

*393 Adolfo Bioy Casares:
La invención de Morel

394 E. Goldsmith, R. Allen, M. Allaby
J. Davoll, S. Lawrence:
Manifiesto para la supervivencia

*395 Emilia Pardo Bazán:
La madre naturaleza

396 Eva Figes:
Actitudes patriarcales:
las mujeres en la sociedad

397 Theodor W. Adorno:
Filosofía y superstición

*398 Roger James:
Introducción a la Medicina

*399 Franz Kafka:
La condena

****400 Benito Pérez Galdós:
La familia de León Roch

*401 Henri Pirenne:
Las ciudades de la Edad Media

**402 Enzo Collotti:
La Alemania nazi

**403 Ricardo Aguilera:
El ajedrez

**404 Sigmund Freud:
Sexualidad infantil y neurosis

*405 Albert Camus:
El estado de sitio

**406 Friedrich Nietzsche:
Más allá del bien y del mal

*407 Jorge Luis Borges:
El hacedor

**408 Viajes por España
Selección de José García Mercadal

**409 Gonzalo Torrente Ballester:
3. La Pascua triste

410 J. H. Elliott:
El Viejo Mundo y el Nuevo
(1492-1650)

***411 Federico Fellini:
El Jeque Blanco. I Vitelloni.
La Strada. Il Bidone

*412 Johan Huizinga:
Homo ludens

***413 Miguel Angel Asturias:
Hombres de maíz

*414 Pierre Teilhard de Chardin:
El medio divino

***415 Thomas Hardy:
Jude el oscuro

416 R. H. Tawney:
La sociedad adquisitiva

417 George Lichtheim:
El imperialismo

418 Miguel Delibes:
La caza en España

**419 Henri Lefebvre:
La vida cotidiana en el mundo moderno

**420 Jorge Luis Borges:
Obra poética

**421 Carlos Fuentes:
Cuerpos y ofrendas

422 François Mauriac:
El mico

*423 Sigmund Freud:
Nuevas aportaciones a la interpretación de los sueños

*424 Evelyn Waugh:
Un puñado de polvo

***425 Edmund Wilson:
Hacia la Estación de Finlandia

*426 Pío Baroja:
La feria de los discretos

427 Paul Roazen:
Hermano animal

***428 Simone Ortega:
Mil ochenta recetas de cocina

429 Macfarlane Burnet:
El mamífero dominante

430 Peter Funke:
Oscar Wilde

***431 Carlos Castilla del Pino:
La culpa

432 Cesare Pavese:
De tu tierra

**433 Enrique Ruiz García:
Subdesarrollo y liberación

**434 Joyce Cary:
La boca del caballo

435 Assar Lindbeck:
La economía política de la nueva izquierda.
Prólogo de Paul Samuelson

**436 Ignacio Aldecoa:
Cuentos completos, I

**437 Ignacio Aldecoa:
Cuentos completos, II

**438 Henry Kamen:
La Inquisición española

*439 John Dos Passos:
De brillante porvenir

440 Heinrich Böll:
Los silencios del Dr. Murke

*441 Isaiah Berlin:
Karl Marx

442 Antonio Buero Vallejo:
Tres maestros ante el público

443 A. Häsler, E. Bloch, H. Marcuse, A. Mitscherlich y otros:
El odio en el mundo actual

*444 Sigmund Freud:
Introducción al narcisismo y otros ensayos

445 Ernesto Sabato:
Hombres y engranajes. Heterodoxia

446 V. Gordon Childe:
La evolución social

447 Mijail Sholojov:
Cuentos del Don

448 Annie Kriegel:
Los grandes procesos en los sistemas comunistas

449 Carlos Castilla del Pino:
Introducción al masoquismo
Leopold von Sacher-Masoch:
La Venus de las pieles

450 Andreas G. Papandreou:
El capitalismo paternalista

***451 Ramón del Valle-Inclán:
El ruedo ibérico.
La corte de los milagros

452 John J. Fried:
El misterio de la herencia

**453 Roger Martin du Gard:
Jean Barois

*454 Paul Bairoch:
El tercer mundo en la encrucijada

**455 Lewis Carroll:
Alicia a través del espejo

**456 Friedrich Nietzsche:
El nacimiento de la tragedia

*457 Leopoldo Alas (Clarín):
Cuentos morales

***458 Isaac Asimov:
El universo

**459 Jean-Luc Godard:
Cinco guiones

***460 Christopher Tugendhat:
Las empresas multinacionales

461 Mortimer Ostow:
La depresión: psicología de la melancolía

*462 Narrativa peruana 1950-1970
Selección de Abelardo Oquendo

**463 Norman F. Cantor:
La era de la protesta

*464 Edgar Allan Poe:
Ensayos y críticas
Traducción de Julio Cortázar

*465 Carl J. Friedrich:
Europa: el surgimiento de una nación

466 Adolfo Bioy Casares:
Diario de la guerra del cerdo

*467 Friedrich Nietzsche:
Crepúsculo de los ídolos

468 William Golding:
El dios escorpión.
Tres novelas cortas

*469 Arnold J. Toynbee:
Ciudades en marcha

**470 Samuel Beckett:
Malone muere

*471 Norman Mackenzie:
Sociedades secretas

**472 Poesía china: del siglo XXII a. C. a las canciones de la Revolución Cultural
Prólogo y traducción de Marcela de Juan

**473 Sátiras políticas de la España moderna
Selección de Teófanes Egido

***474 André Maurois:
Lélia o la vida de George Sand

*475 Sigmund Freud:
El yo y el ello

**476 Los vanguardistas españoles (1925-1935)
Selección de Ramón Buckley y John Crispin

477 Karl R. Popper:
La miseria del historicismo

**478 Franz Kafka:
La muralla china

****479 Zolar:
Enciclopedia del saber antiguo y prohibido

*480 Juan Beneyto:
Conocimiento de la información

***481 Luis Díez del Corral:
El rapto de Europa

*482 Hans Christian Andersen:
La sombra y otros cuentos
Selección, traducción y notas de Alberto Adell
Prólogo de Ana María Matute

**484 Wilbur R. Jacobs:
El expolio del indio norteamericano

*485 Arthur Koestler:
Autobiografía
1. Flecha en el azul

*486 M. R. James:
Trece historias de fantasmas
Prólogo de Rafael Llopis

*487 Las Casas, Sahagún, Zumárraga y otros
Idea y querella de la Nueva España
Selección de Ramón Xirau

**488 John Dos Passos:
Años inolvidables

*489 Gaspar Gómez de la Serna:
Los viajeros de la Ilustración

490 Antonin Artaud:
El cine

491 Ramón Trías Fargas:
Introducción a la economía de Cataluña

492 James Baldwin:
Blues para mister Charlie

**493 George E. Wellwarth:
Teatro de la protesta y paradoja

**494 Américo Castro:
Cervantes y los casticismos españoles

*495 Arthur Koestler:
Autobiografía
2. El camino hacia Marx

*496 Sigmund Freud:
Escritos sobre la histeria

*497 José Ferrater Mora:
Cambio de marcha en filosofía

***498 Relatos italianos del siglo XX
Selección de Guido Davico Bonir

*499 Jorge Luis Borges:
El informe de Brodie

*500 José Ortega y Gasset:
Discursos políticos

*501 Thornton Wilder:
Los idus de marzo

*502 Juan Reglá:
Historia de Cataluña
Prólogo de Jesús Pabón

**503 André Gide:
Los sótanos del Vaticano

**504 Camilo José Cela:
Diccionario secreto, 1

***505 Camino José Cela:
Diccionario secreto, 2
(Primera parte)

***506 Camilo José Cela:
Diccionario secreto, 2
(Segunda parte)

*507 Friedrich Nietzsche:
El Anticristo

***508 A. S. Diamond:
Historia y orígenes del lenguaje

*509 Arthur Koestler:
Autobiografía
3. Euforia y utopía

****510 René Jeanne y Charles Ford:
Historia ilustrada del cine
1. El cine mudo (1895-1930)

****511 René Jeanne y Charles Ford:
Historia ilustrada del cine
2. El cine sonoro (1927-1945)

****512 René Jeanne y Charles Ford:
Historia ilustrada del cine
3. El cine de hoy (1945-1965)

*513 Voltaire:
Cándido y otros cuentos

**514 C. M. Bowra:
La Atenas de Pericles

**515 Ruth Benedict:
El crisantemo y la espada
Patrones de la cultura japonesa

*516 Don Sem Tom:
Glosas de sabiduría o proverbios morales y otras rimas
Edición de Agustín García Calvo

**517 Daniel Sueiro:
La pena de muerte: ceremonial, historia, procedimientos

518 Denis Diderot:
Esto no es un cuento

519 Ramón Tamames:
La polémica sobre los límites al crecimiento

*520 Prosa modernista hispanoamericana. Antología
Selección de Roberto Yahni

**521 Glyn Daniel:
Historia de la Arqueología:
De los anticuarios a V. Gordon Childe

*522 Franz Kafka:
Cartas a Milena

*523 Sigmund Freud:
Proyecto de una psicología para neurólogos y otros escritos

524 Umberto Eco, Furio Colombo, Francesco Alberoni, Giuseppe Sacco:
La nueva Edad Media

*525 Michel Grenon:
La crisis mundial de la energía
Prólogo de Sicco Mansholt

526 Peter Weiss:
Informes

*527 Arthur Koestler:
Autobiografía
4. El destierro

*528 Roger Martin du Gard:
Los Thibault
1. El cuaderno gris. El reformatorio

529 Hermann Hesse:
Lecturas para minutos

**530 E. L. Woodward:
Historia de Inglaterra

**531 Arthur C. Clarke:
El viento del Sol:
Relatos de la era espacial

**532 Camilo José Cela:
San Camilo, 1936

*533 Mircea Eliade:
Herreros y alquimistas

*534 Miguel Hernández:
Poemas de amor. Antología

**535 Gordon R. Lowe:
El desarrollo de la personalidad

**536 Narrativa rumana contemporánea
Selección de Darie Novaceanu

*537 H. Saddhatissa:
Introducción al budismo

**538 Bernard Malamud:
Una nueva vida

**539 Sigmund Freud:
Esquema del psicoanálisis y otros escritos de doctrina psicoanalítica

**540 Marc Slonim:
Escritores y problemas de la literatura soviética, 1917-1967

**541 Daniel Guerin:
La lucha de clases en el apogeo de la Revolución Francesa, 1793-1795

**542 Juan Benet:
Volverás a Región

**543 Swami Vishnudevananda:
El libro de yoga

*544 Roger Martin Du Gard:
Los Thibault
2. Estío

*545 Arthur Koestler:
Autobiografía
y 5. La escritura invisible

*546 En torno a Marcel Proust
Selección de Peter Quennell

**547 Paul Avrich:
Los anarquistas rusos

*548 James Joyce:
Dublineses

****549 Gustave Flaubert:
Madame Bovary
Prólogo de Mario Vargas Llosa

*550 Max Brod:
Kafka

**551 Edgar Snow:
China: la larga revolución

*552 Roger Martin Du Gard:
Los Thibault
3. La consulta. La sorellina. La muerte del padre

*553 Arturo Uslar Pietri:
La otra América

**554 François Truffaut:
El cine según Hitchcock

*555 Gabriel Jackson:
Introducción a la España medieval

*556 Evelyn Waugh:
¡...Más banderas!

*557 José Ramón Lasuen:
Miseria y riqueza: El conflicto presente entre las naciones

**558 Bernhardt J. Hurwood:
Pasaporte para lo sobrenatural:
Relatos de vampiros, brujas, demonios y fantasmas

559 Fritz J. Raddatz:
Lukács

560 Bertolt Brecht:
Historias de almanaque

***561 Scientific American:
La energía

*562 Roger Martin Du Gard:
Los Thibault
4. El verano de 1914 (primera parte)

****563 George Lichtheim:
Breve historia del socialismo

**564 Max Aub:
Jusep Torres Campalans

***565 A. Tovar y J. M. Blázquez
Historia de la Hispania romana

***566 Louis Aragon:
Tiempo de morir

567 S. E. Luria:
La vida, experimento inacabado

*568 Pierre Francastel:
Sociología del arte

**569 Lloyd G. Reynolds:
Los tres mundos de la economía: capitalismo, socialismo y países menos desarrollados

**570 Antología del feminismo
Selección de Amalia Martín-Gamero

***571 Elliot Aronson:
Introducción a la psicología social

***572 Judith M. Bardwick:
Psicología de la mujer

**573 Constantin Stanislavski:
La construcción del personaje

***574 Los anarquistas
1. La teoría
Selección de I. L. Horowitz

*575 Roger Martin Du Gard:
Los Thibault
5. El verano de 1914 (continuación)

576 Emilia Pardo Bazán:
Un destripador de antaño
y otros cuentos
Selección de José Luis López Muñoz

**577 T. E. Lawrence:
El troquel

**578 Irenäus Eibl-Eibesfeldt:
Las islas Galápagos:
un arca de Noé en el Pacífico

*579 Roger Martin Du Gard:
Los Thibault
6. El verano de 1914 (fin). Epílogo

**580 Isaac Asimov:
Breve historia de la química

****581 Diez siglos de poesía castellana
Selección de Vicente Gaos

***582 Sigmund Freud:
Los orígenes del psicoanálisis

**583 Luis Cernuda:
Antología poética

584 J. W. Goethe:
Penas del joven Werther

***585 Vittore Branca:
Bocacio y su época

**586 Philippe Dreux:
Introducción a la ecología

***587 James Joyce:
Escritos críticos

*588 Carlos Prieto:
El Océano Pacífico:
navegantes españoles del siglo XVI

**589 Adolfo Bioy Casares:
Historias de amor

**590 E. O. James:
Historia de las religiones

**591 Gonzalo R. Lafora:
Don Juan, los milagros
y otros ensayos

**592 Jules Verne:
Viaje al centro de la Tierra

***593 Stendhal:
Vida de Henry Brulard
Recuerdos de egotismo

***594 Pierre Naville:
Teoría de la orientación profesional

**595 Ramón Xirau:
El desarrollo y las crisis de la
filosofía occidental

**596 Manuel Andújar:
Vísperas
1. Llanura

597 Herman Melville:
Benito Cereno. Billy Budd, marinero

**598 Prudencio García:
Ejército: presente y futuro
1. Ejército, polemología y paz
internacional

***599 Antología de Las Mil y Una Noch
Selección y traducción
de Julio Samsó

*600 Benito Pérez Galdós:
Tristana

****601 Adolfo Bioy Casares:
Historias fantásticas

*602 Antonio Machado:
Poesía
Introducción y antología
de Jorge Campos

*603 Arnold J. Toynbee:
Guerra y civilización

**604 Jorge Luis Borges:
Otras inquisiciones

**605 Bertrand Russell:
La evolución de mi pensamiento
filosófico

**606 Manuel Andújar:
Vísperas
2. El vencido

**607 Otto Karolyi:
Introducción a la música

*608 Jules Verne:
Los quinientos millones de La Beg

*609 H. P. Lovecraft y August Derleth
La habitación cerrada y otros
cuentos de terror

610 Luis Angel Rojo:
Inflación y crisis en la economía
mundial (hechos y teorías)

*611 Dionisio Ridruejo:
Poesía
Selección de Luis Felipe Vivanco
Introducción de María Manent

*612 Arthur C. Danto:
Qué es filosofía

**613 Manuel Andújar:
Vísperas
3. El destino de Lázaro

*614 Jorge Luis Borges:
Discusión

**615 Julio Cortázar:
Los relatos
1. Ritos

**616 Flora Davis:
La comunicación no verbal

**617 Jacob y Wilhelm Grimm:
Cuentos

**618 Klaus Birkenhauer:
Samuel Beckett

**619 Umberto Eco, Edmund Leach, Jo
Lyons, Tzvetan Todorov y otros:
Introducción al estructuralismo
Selección de David Robey

*620 Bertrand Russell:
Retratos de memoria
y otros ensayos

621 Luis Felipe Vivanco:
Antología poética
Introducción y selección
de José María Valverde

**622 Steven Goldberg:
La inevitabilidad del patriarcado

623 Joseph Conrad:
El corazón de las tinieblas

**624 Julio Cortázar:
Los relatos
2. Juegos

625 Tom Bottomore:
La sociología marxista

***626 Georges Sorel:
Reflexiones sobre la violencia
Prólogo de Isaiah Berlin

*627 K. C. Chang:
Nuevas perspectivas en Arqueología

*628 Jorge Luis Borges:
Evaristo Carriego

**629 Los anarquistas
2. La práctica
Selección de I. L. Horowitz

*630 Fred Hoyle:
De Stonehenge a la cosmología contemporánea. Nicolás Copérnico

**631 Julio Cortázar:
Los relatos
3. Pasajes

*632 Francisco Guerra
Las medicinas marginales

*633 Isaak Bábel:
Debes saberlo todo
Relatos 1915-1937

***634 Herrlee G. Creel:
El pensamiento chino desde Confucio hasta Mao-Tse-tung

*635 Dino Buzzati:
El desierto de los tártaros

***636 Raymond Aron:
La República Imperial. Los Estados Unidos en el mundo (1945-1972)

*637 Blas de Otero:
Poesía con nombres

638 Anthony Giddens:
Política y sociología en Max Weber

**639 Jules Verne:
La vuelta al mundo en ochenta días

*640 Adolfo Bioy Casares:
El sueño de los héroes

641 Miguel de Unamuno:
Antología poética
Selección e introducción de José María Valverde

**642 Charles Dickens:
Papeles póstumos del Club Pickwick, 1

**643 Charles Dickens:
Papeles póstumos del Club Pickwick, 2

**644 Charles Dickens:
Papeles póstumos del Club Pickwick, 3

**645 Adrian Berry:
Los próximos 10.000 años: el futuro del hombre en el universo

646 Rubén Darío:
Cuentos fantásticos

*647 Vicente Aleixandre:
Antología poética
Estudio previo, selección y notas de Leopoldo de Luis

**648 Karen Horney:
Psicología femenina

**649, **650 Juan Benet:
Cuentos completos

**651 Ronald Grimsley:
La filosofía de Rousseau

652 Oscar Wilde:
El fantasma de Canterville y otros cuentos

**653 Isaac Asimov:
El electrón es zurdo y otros ensayos científicos

*654 Hermann Hesse:
Obstinación
Escritos autobiográficos

*655 Miguel Hernández:
Poemas sociales, de guerra y de muerte

*656 Henri Bergson:
Memoria y vida

***657 H. J. Eysenck:
Psicología: hechos y palabrería

658 Leszek Kolakowski:
Husserl y la búsqueda de certeza

**659 Dashiell Hammett:
El agente de la Continental

**660, **661 David Shub:
Lenin

*662 Jorge Luis Borges:
El libro de arena

*663 Isaac Asimov:
Cien preguntas básicas sobre la ciencia

**664, **665 Rudyard Kipling:
El libro de las tierras vírgenes

*666 Rubén Darío:
Poesía

*667 John Holt:
El fracaso de la escuela

**668, **669 Charles Darwin:
Autobiografía

*670 Gabriel Celaya:
Poesía

671 C. P. Snow:
Las dos culturas y un segundo enfoque

***672 Enrique Ruiz García:
La era de Carter

**673 Jack London:
El Silencio Blanco y otros cuentos

*674 Isaac Asimov:
Los lagartos terribles

***675 Jesús Fernández Santos
Cuentos completos

***676 Friedrick A. Hayek:
Camino de servidumbre

***677, **678 Hermann Hesse:
Cuentos

***679, ***680 Mijail Bakunin:
Escritos de filosofía política

**681 Frank Donovan:
Historia de la brujería

**682 J. A. C. Brown:
Técnicas de persuasión

****683 Hermann Hesse:
El juego de los abalorios

*684 Paulino Garagorri:
Libertad y desigualdad

**685, **686 Stendhal:
La Cartuja de Parma

*687 Arthur C. Clarke:
Cuentos de la *Taberna del Ciervo Blanco.*

**688 Mary Barnes, Joseph Berke, Morton Schatzman, Peter Sedwick y otros:
Laing y la antipsiquiatría
Compilación de R. Boyers y R. Orrill

**689 J.-D. Salinger:
El guardián entre el centeno

*690 Emilio Prados:
Antología poética
Estudio poético, selección y notas de José Sanchis-Banús

****691 Robert Graves:
Yo, Claudio

****692 Robert Graves:
Claudio, el dios, y su esposa Mesalina

***693, ***694 Helen Singer Kaplan:
La nueva terapia sexual

**695, **696 Hermann Hesse:
Cuentos

*697 Manuel Valls Gorina:
Para entender la música

**698 James Joyce:
Retrato del artista adolescente

***699 Maya Pines:
Los manipuladores del cerebro

700 Mario Vargas Llosa:
Los jefes. Los cachorros

**701 Adolfo Sánchez Vázquez:
Ciencia y revolución.
El marxismo de Althusser

**702 Dashiell Hammett:
La maldición de los Dain

**703 Carlos Castilla del Pino:
Vieja y nueva psiquiatría

***704 Carmen Martín Gaite:
Cuentos completos

***705 Robert Ardrey:
La evolución del hombre: la hipótesis del cazador

706 R. L. Stevenson:
El Dr. Jekyll y Mr. Hyde

**707 Jean-Jacques Rousseau:
Las ensoñaciones del paseante solitario

708 Antón Chéjov:
El pabellón n.º 6

***709 Erik H. Erikson:
Historia personal y circunstancia histórica

*710 James M. Cain:
El cartero siempre llama dos veces

**711 H. J. Eysenck:
Usos y abusos de la pornografía

*712 Dámaso Alonso:
Antología poética

*713 Werner Sombart:
Lujo y capitalismo

****714 Juan García Hortelano:
Cuentos completos

***715, ***716 Kenneth Clark:
Civilización

***717 Isaac Asimov:
La tragedia de la luna

****718 Herman Hesse:
Pequeñas alegrías

*719 Werner Heisenberg:
Encuentros y conversaciones con Einstein y otros ensayos

**720 Guy de Maupassant:
Mademoiselle Fifi y otros cuentos de guerra

*721 H. P. Lovecraft:
El caso de Charles Dexter Ward

**722, **723 Jules Verne:
Veinte mil leguas de viaje submarino

****724 Rosalía de Castro:
Poesía

*725 Miguel de Unamuno:
Paisajes del alma

726 El Cantar de Roldán
Versión de Benjamín Jarnés

727 Hermann Hesse:
Lecturas para minutos, 2

**728 H. J. Eysenck:
La rata o el diván

729 Friedrich Hölderlin:
El archipiélago

**730 Pierre Fedida:
Diccionario de psicoanálisis

*731 Guy de Maupassant:
El Horla y otros cuentos fantásticos

*732 Manuel Machado:
Poesías

*733 Jack London:
Relatos de los Mares del Sur

****734 Henri Lepage:
Mañana, el capitalismo

**735 R. L. Stevenson:
El diablo de la botella y otros cuentos

*736 René Descartes:
Discurso del método

*737 Mariano José de Larra:
Antología fugaz

**738 Jorge Luis Borges:
Literaturas germánicas medievales

739 Gustavo Adolfo Bécquer:
Rimas y otros poemas

***740 Julián Marías:
Biografía de la filosofía

*741 Guy de Maupassant:
La vendetta y otros cuentos de horror

**742 Luis de Góngora:
Romances

***743 George Gamow:
Biografía de la física

*744 Gerardo Diego:
Poemas mayores

**745 Gustavo Adolfo Bécquer:
Leyendas

***746 John Lenihan:
Ingeniería humana

***747 Stendhal:
Crónicas italianas

***748 Suami Vishnu Devananda:
Meditación y mantras

749 , * 750 Alexandre Dumas:
Los tres mosqueteros

**751 Vicente Verdú:
El fútbol: mitos, ritos y símbolos

**752 D. H. Lawrence:
El amante de Lady Chatterley

753 La vida de Lazarillo de Tormes y de sus fortunas y adversidades

***754 Julián Marías:
La mujer en el siglo XX

***755 Marvin Harris:
Vacas, cerdos, guerras y brujas

*756 José Bergamín:
Poesías casi completas

***757 D. H. Lawrence:
Mujeres enamoradas

*758 José Ortega y Gasset:
El Espectador (Antología)

**759 Rafael Alberti:
Antología poética

***760 José Luis L. Aranguren:
Catolicismo y protestantismo como formas de existencia

***761 , ***762 Víctor Hugo:
Nuestra Señora de París

***763 Jean-Jacques Rousseau:
Contrato social - Discursos

*764 Gerardo Diego:
Poemas menores

***765 John Ziman:
La fuerza del conocimiento

*766 Víctor León:
Diccionario de argot español y lenguaje popular

*767 William Shakespeare:
El rey Lear

***768 Isaac Asimov:
Historia Universal Asimov
El Cercano Oriente

**769 François Villon:
Poesía

**770 Jack London:
Asesinatos, S. L.

**771 Antonio Tovar:
Mitología e ideología sobre la lengua vasca

**772 H. P. Lovecraft:
El horror de Dunwich

***773 Stendhal:
Armancia

*774 Blas de Otero:
Historias fingidas y verdaderas

*775 E. M. Cioran:
Adiós a la filosofía y otros textos

**776 Garcilaso de la Vega:
Poesías completas

*777 Fyodor M. Dostoyevski:
El jugador

****778 Martin Gardner:
Carnaval matemático

****779 Rudolf Bahro:
La alternativa

**780 R. L. Stevenson:
La Isla del Tesoro

**781 Guy de Maupassant:
Mi tío Jules y otros seres marginales

*782 Carlos García Gual:
Antología de la poesía lírica griega (Siglos VII-IV a.C.)

***783 Xavier Zubiri:
Cinco lecciones de filosofía

****784 Isaac Asimov:
Historia Universal Asimov
La tierra de Canaán

***785 Ramón Tamames:
Introducción a la Constitución española

**786 H. P. Lovecraft:
En la cripta

**787 David Hume:
Investigación sobre el conocimiento humano

****788, **789 Alexis de Tocqueville:
La democracia en América

*790 Rafael Alberti:
Prosas

****791, ****792 C. Falcón Martínez, E. Fernández-Galiano, R. López Melero:
Diccionario de la mitología clásica

**793 Rudolf Otto:
Lo santo

***794 Isaac Asimov:
Historia Universal Asimov
Los egipcios

*795 William Shakespeare:
Macbeth

796 Rainer Maria Rilke:
Cartas a un joven poeta

797 Séneca:
Sobre la felicidad

***798 José Hernández:
Martín Fierro

*799 Isaac Asimov:
Momentos estelares de la ciencia

***800 Blaise Pascal:
Pensamientos

*801 Manuel Azaña:
El jardín de los frailes

*802 Claudio Rodríguez:
Antología poética

*803 Auguste Comte:
Discurso sobre el espíritu positivo

***804 Emile Zola:
Los Rougon-Macquart
La fortuna de los Rougon

805 Jorge Luis Borges:
Antología poética
1923-1977

***806 Carlos García Gual:
Epicuro

**807 H. P. Lovecraft y A. Derleth:
Los que vigilan desde el tiempo
y otros cuentos

*808 Virgilio:
Bucólicas - Geórgicas

**809 Emilio Salgari:
Los tigres de Mompracem

****810 Isaac Asimov:
Historia Universal Asimov
Los griegos

811 Blas de Otero:
Expresión y reunión

**812 Guy de Maupassant:
La partida de campo
y otros cuentos galantes

***813 Francis Oakley:
Los siglos decisivos
La experiencia medieval

Juego de non-believer
el El mundo es caos abandonado al azar o gobernado por dioses
infinito inhumanos
necesidad de confesar el hecho de lo artificial

---

* Volumen intermedio ** Volumen doble *** Volumen especial
**** Volumen extra ● Volumen sin determinar